JAPAN-EDITION

Mori Ôgai

Das Ballettmädchen

JAPAN·EDITION

Mori Ôgai

Das Ballettmädchen

Eine Berliner Novelle

Mit 26 zeitgenössischen Illustrationen

Aus dem Japanischen von
Jürgen Berndt

und mit einem Nachwort von
Ursula Berndt

edition q

Japanischer Originaltitel:
Maihime

JAPAN-EDITION
Herausgegeben von
Jürgen Berndt † und Klaus R. Dichtl

Die Deutsche Bibliothek – CIP-Einheitsaufnahme

Mori, Ôgai:
Das Ballettmädchen : eine Berliner Novelle /
Mori Ôgai. Aus dem Japan. von Jürgen Berndt
und einem Nachw. von Ursula Berndt. –
Berlin : Ed. q, 1994
(Japan-Edition)
Einheitssacht.: Maihime <dt.>
ISBN 3-86124-185-4
Vw: Mori, Rintarō [Wirkl. Name] → Mori, Ôgai

Lektorat: Klaus R. Dichtl
Redaktion: Helga Wendler
Bildvorlagen: Bildarchiv Preußischer Kulturbesitz, Berlin
Umschlaggestaltung: Atelier Höpfner-Thoma, München
Gesamtherstellung: Ebner Ulm
Printed in Germany

ISBN 3-86124-185-4

JAPAN·EDITION

Mori Ôgai
Das Ballettmädchen

Inhalt

Das Ballettmädchen

Die Kohlebunker sind wieder gefüllt. Tiefe Stille herrscht an den Tischen in der zweiten Klasse, und die gleißenden Lampen verströmen nutzlos ihr helles Licht, weil auch die Kartenspieler, die sich sonst allabendlich hier einfinden, heute an Land in einem *Hotel* übernachten und ich ganz allein an Bord geblieben bin.

Fünf Jahre liegt es zurück. Als ich damals hierher nach Saigon kam, da sich mein langgehegter Wunsch erfüllt hatte und ich im offiziellen Auftrag nach Europa fahren durfte, erschien mir alles, was ich sah, alles, was ich hörte, gänzlich neu, und ich berichtete, ohne mich erst lange zu besinnen, Tag für Tag in Tausenden Wörtern über meine Reise. Eine Zeitung veröffentlichte das seinerzeit, und die Leser waren des Lobes voll. Aber wenn ich es mir heute überlege, dann frage ich mich, wie wohl Leute mit Verstand über das gedacht haben mögen, was ich da an kindischen Ideen und an geradezu unverantwortlichem Gerede, was ich da mit Verwunderung selbst über die gewöhnlichsten Tiere, Pflanzen und Gesteine, Sitten und Gebräuche niedergeschrieben hatte. Doch nun ist das Heft, das ich mir vor der Heimreise kaufte, um darin die Eindrücke des Tages festzuhalten, noch völlig leer, und ich weiß nicht, ob das daran liegt, daß ich mir während meines Studiums in Deutschland vielleicht eine Art Haltung, die sich am besten mit dem Lateinischen *nil admirari* umschreiben läßt, zugelegt habe. Nein, das ist es nicht. Es gibt da einen ganz anderen Grund.

Gewiß, der, der jetzt in den Osten zurückkehrt, ist nicht mehr derselbe, der vor Jahren über das Meer gen Westen reiste. Ich bin mir bewußt, wie unzulänglich trotz allem meine Kenntnisse sogar noch in der Wissenschaft sind, und ich habe auch erfahren, wie traurig es in dieser vergänglichen Welt zugeht, ich weiß, wie wenig anderen zu trauen ist und wie leicht sich selbst das eigene Herz wandelt. Für wen sollte ich meine Empfindungen dieses Augenblicks, da das Ja von gestern zum Nein des Heute wird, denn festhalten? Will es mir nur aus dem Grunde, weil ich es ohnehin niemandem zeigen könnte, nicht gelingen, Tagebuch zu führen? Nein, das bestimmt nicht. Es gibt da einen ganz anderen Grund.

Mehr als zwanzig Tage sind schon verstrichen, seit unser Schiff in Brindisi ablegte. An sich gehört es zu den Gepflogenheiten einer Seereise, auch mit Menschen, denen man an Bord zum erstenmal begegnet, Kontakte zu knüpfen und miteinander zu verkehren, um sich gegenseitig über die Langeweile hinwegzutrösten, doch ich schützte Unwohlsein vor, zog mich in meine Kabine zurück und wechselte nur selten ein Wort mit meinen Reisegefährten, weil mich ein unermeßlicher Kummer quälte. Dieser Kummer hatte anfangs mein Herz wie ein Wolkenstreif getrübt und mir zwar auch schon die Freude am Anblick der Schweizer Berge sowie die Aufmerksamkeit beim Betrachten des antiken Italiens genommen, mir aber bald die Welt ganz und gar verleidet, so daß ich mir selbst zuwider wurde und mich ein derart heftiger Schmerz überfiel, als würden mir neunmal am Tage sämtliche Eingeweide umgedreht. Jetzt ist er tief in meiner Seele zu einem dunklen Fleck erstarrt, doch sobald ich eine Zeile lese oder einen Blick auf bestimmte Dinge werfe, wird wie das Bild in einem Spiegel, wie das Echo auf eine Stimme grenzenlose Sehnsucht nach dem, was einmal war, wieder in mir wach und schneidet mir ins Herz. Wie soll ich diesen Kummer nur verwinden? Wäre er bloß eine Äußerlichkeit, schriebe ich ein Gedicht oder einen Vers im alten Stil und würde mich hernach erleichtert fühlen, aber er sitzt viel zu tief in mir, als daß ich mich auf diese Weise von ihm befreien könnte. Doch weil heute abend niemand um mich herum ist und es sicherlich auch noch eine Weile dauern wird, bis der Steward kommt, um das Licht zu löschen, will ich versuchen, wenigstens in groben Zügen zu beschreiben, woher mein Kummer rührt.

Von klein auf war ich zu Hause an strenge Zucht gewöhnt, und dem verdanke ich es, daß auch nach dem frühen Tod des Vaters mein Lerneifer nicht nachließ, so daß mein Name, Ôta Toyotarô, sowohl in den Tagen an der alten Fürstenschule bei uns in der Provinz als auch auf der Vorbereitungsanstalt in Tôkyô und danach während des Studiums an der Juristischen Fakultät stets ganz obenan stand, was meiner Mutter bestimmt sehr zum Trost gereichte, weil ich als ihr einziges Kind ihr ein und alles auf der Welt war, was ihr Mut zum Leben gab. Mit achtzehn bekam ich mein Diplom – eine Ehre, die, wie man mir versicherte, seit Gründung der Universität noch niemandem zuvor zuteil geworden war, und weil ich deshalb gleich eine Anstellung in einem Ministerium fand, holte ich meine Mutter aus der Heimat in die Hauptstadt. So verbrachten wir drei glückliche Jahre miteinander. Da mir mein Vorgesetzter sehr gewogen war, erhielt ich schließlich den Auftrag, nach Europa zu fahren, um mich dort mit Dingen zu befassen, die in den Aufgabenbereich unserer Abteilung fielen. Dies ist die Chance, dir zu einem Vorankommen

Im Vestibül des Anhalter Bahnhofs.
Holzstich nach einer Zeichnung von G. Theuerkauf, 1881

in der Welt und deiner Familie zu Ansehen zu verhelfen, sagte ich mir, um mir Mut zu machen, trennte mich also von zu Hause und reiste in das ferne Berlin, ohne daß mich der Abschied von der Mutter, die die Fünfzig schon überschritten hatte, sonderlich traurig stimmte.

Mit der vagen Hoffnung auf Ruhm und der Absicht, fleißig zu lernen, woran ich wie an eine Fessel ohnehin gewöhnt war, stand ich nun plötzlich mitten in dieser neuen Metropole Europas. Welch ein Glanz, der da meine Augen traf! Welch eine Farbenpracht, die da meine Sinne verwirrte! „Unter den Linden" – hört man diese Worte, könnte das die Vorstellung von einem stillen, weltabgeschiedenen Ort unter Bäumen der „Erleuchtung" erwecken, aber seht nur die Herren und Damen, die paarweise auf den steingepflasterten Gehsteigen zu beiden Seiten dieser breiten, schnurgeraden Allee flanieren! Die strammen, breitschultrigen Offiziere in ihren farbenprächtigen Galauniformen – es war ja noch die Zeit, da Wilhelm I. aus dem Fenster, das den Blick zu der Allee freigab, herabzuschauen pflegte – und die reizenden jungen Mädchen, nach Pariser Art herausgeputzt. Da war nichts, was das Auge nicht verwunderte: die Kutschen, die lautlos über die asphaltierten Fahrbahnen rollen; ein wenig entfernt von dem gleichsam bis in die Wolken hinaufragenden Dom die Fontäne eines Springbrunnens, deren Wasser rauschend wie ein Platzregen aus heiterem Himmel herabstürzt, und in der Ferne schaut zwischen dem Blätterdach der Bäume jenseits des Brandenburger Tors die Göttin auf der Siegessäule hervor, als schwebe sie in den Lüften. Wer zum erstenmal hierherkommt, kann gar nicht alles gleich in sich aufnehmen, was sich seinen Blicken darbietet. Aber ich versperrte mich ohnehin stets allen Reizen, die von außen auf mich einstürmten,

Luisen-/Ecke Karlstraße.
Foto: F. Albert Schwartz, um 1880

weil ich mir geschworen hatte, mich niemals und nirgends von eitlem schönem Schein betören zu lassen.

Wenn ich die Klingel zog und um eine Unterredung bat, mein offizielles Empfehlungsschreiben vorlegte und mein Anliegen erläuterte, weshalb ich aus dem fernen Japan gekommen sei, dann empfingen mich die preußischen Beamten alle sehr freundlich und versprachen, mir in jeder Hinsicht mit Rat und Tat zur Seite zu stehen, sobald die Formalitäten durch die Gesandtschaft ordnungsgemäß abgewickelt seien. Ich konnte von Glück sagen, daß ich zu Hause schon Deutsch und Französisch gelernt hatte, und so fragte man mich bei der ersten Begegnung stets, wo und wann ich mir denn so gute Sprachkenntnisse angeeignet hätte.

Die amtliche Zustimmung hatte ich mir bereits vor Antritt der Reise eingeholt, weshalb ich mich gleich als Hörer an der Berliner Universität einschreiben ließ, um mich in dem Maße, wie es mir meine Dienstverpflichtungen gestatteten, dem Studium der Politik zu widmen.

Nach ein, zwei Monaten waren alle offziellen Absprachen getroffen, und weil auch meine Untersuchungen ganz gut vorangingen, verfaßte ich über die dringlichsten Dinge bald einen Bericht und schickte ihn ab. Was nicht so eilte, hielt ich in Notizheften fest, die sich allmählich zu einem ansehnlichen Stapel häuften. An der Universität aber gab es ein spezielles Fach für die Ausbildung zum Politiker, so wie ich es mir in meiner Naivität vorgestellt hatte, überhaupt nicht, und so war ich mir eine Weile nicht sicher, bis ich mich schließlich dazu durchrang, die Vorlesungen von zwei, drei Juristen zu belegen, die ich dann auch besuchte, nachdem ich die Gebühren entrichtet hatte.

Auf diese Weise verbrachte ich an die drei Jahre wie im Traum, aber jeder Mensch hat nun mal angeborene

Neigungen, denen er sich auf die Dauer nicht verschließen kann, so sehr er es auch möchte. Seit den Tagen, da ich ganz im Sinne der letzten Worte meines Vaters und der Weisungen meiner Mutter unermüdlich lernte und mich darüber freute, als Wunderkind gelobt zu werden, bis zu der Zeit, da ich unverdrossen meinen Dienst versah und mich glücklich schätzte, wenn mich mein Vorgesetzter als ein Muster an Tüchtigkeit pries, war ich, ohne daß es mir bewußt wurde, nur eine ständig in Bewegung gehaltene menschliche Maschine gewesen. Aber jetzt, mit vierundzwanzig Jahren, packte mich so etwas wie eine innere Unruhe, vielleicht weil mich nun schon eine ganze Weile an der Universität ein Hauch von Freiheit anwehte. Und mein wahres Ich, das so lange ganz tief in meinem Innern verborgen gelegen hatte, drängte allmählich nach außen und begann mein gestriges Ich, das gar nicht mein eigenes gewesen war, heftig zu attackieren. Nach und nach wurde mir klar, daß ich mich wohl weder zum Politiker eignete, der sich diese Welt im Sturm erobern würde, noch zum Richter, der, den Kopf mit Gesetzen vollgestopft, seine Urteile fällt.

Insgeheim dachte ich bei mir, daß mich meine Mutter zu einem lebenden Lexikon und mein Vorgesetzter zu einem wandelnden Gesetzbuch machen wollten. Ein Lexikon zu werden wäre noch zu ertragen gewesen, aber ein Gesetzbuch, nein, damit konnte ich mich nicht abfinden. Bisher hatte ich selbst auf nebensächliche Probleme mit allergrößter Sorgfalt geantwortet, doch von nun an erklärte ich in den Schreiben an meinen Vorgesetzten, daß man sich nicht ständig nur an die Details der Verordnungen klammern dürfte, vielmehr müsse man sich um ein Verständnis des Wesens von Recht und Gesetz bemühen, weil sich dann, so behauptete ich kühn, die vielen Kleinigkeiten von allein klären würden. Nachdem ich kaum noch zu den Vorlesungen an der Juristischen Fakultät ging und mich statt dessen für Geschichte und Literatur zu interessieren begonnen hatte, fand ich auch an der Universität endlich meine Befriedigung.

Mein Vorgesetzter hatte geglaubt, aus mir ein Werkzeug gemacht zu haben, dessen er sich ganz nach Belieben bedienen könne. Wie sollte er da Freude über jemanden empfinden, der eigene Ideen entwickelte und nicht alles gelassen hinnahm! Meine Stellung war schon damals, wenn ich es jetzt überdenke, sehr gefährdet. Aber noch reichte es nicht, sie mir ernsthaft streitig zu machen. Nun gab es jedoch zu der Zeit unter den japanischen Studenten in Berlin eine einflußreiche Gruppe, zu der ich kein sonderlich gutes Verhältnis hatte. Diese Leute hegten mir gegenüber Argwohn und verleumdeten mich schließlich, was allerdings nicht ohne Grund geschah.

Ich lehnte es ab, mit ihnen Bier zu trinken und Billard zu spielen; das vergalten sie mir damit, daß sie mir Sturheit, Engstirnigkeit und Gefühlskälte vorwarfen und mich mal verhöhnten, mal beneideten. Und das alles nur, weil sie mich nicht verstanden. Aber wie sollten andere mich verstehen, wenn ich mich nicht einmal selber verstand! Mein Herz glich dem Blatt einer Mimose: Es zog sich beim leisesten Antasten zusammen. Mein Herz glich einem unberührten jungen Mädchen. Wenn ich von frühester Kindheit an, den Lehren der Älteren stets eingedenk, den Pfad des Lebens beschritten hatte und den Weg eines treuen Staatsdieners gegangen war, dann nicht deshalb, weil ich besonders mutig gewesen wäre, und selbst das, was wie Beharrlichkeit und Lerneifer aussah, war Betrug an mir selber und auch an anderen, denn ich war immer nur einer einzigen Straße gefolgt, nämlich der, die mir gewiesen wurde. Und

Im Café Josty. Holzstich nach einem Gemälde von Paul Höniger, 1891

Unter den Linden.
Zeichnung von C. W. Allers, 1889

Kaiser kommt

wenn mein Herz nie in Aufruhr geraten war, dann nicht deshalb, weil ich soviel innere Kraft besessen hätte, sondern nur, weil ich mir aus Frucht vor dem schönen Schein meine Hände und Füße in Fesseln geschlagen hatte. Vor dem Verlassen meiner Heimat hatte ich nie bezweifelt, ein tüchtiger Mensch zu sein, und zutiefst daran geglaubt, alles an seelischer Belastung erdulden zu können. Doch das war einmal! Bis zu dem Zeitpunkt, da das Schiff in Yokohama ablegte, hatte ich mich für einen großartigen Helden gehalten. Daß ich dann trotzdem meine Tränen nicht unterdrücken konnte und mein Taschentuch bald durchnäßt war, hatte mich nicht wenig verwundert. Doch schon da hatte sich wohl meine wahre Natur gezeigt. Vielleicht ist mir diese Weichherzigkeit angeboren, vielleicht aber rührt sie auch daher, daß ich meinen Vater früh verloren und mich meine Mutter allein erzogen hatte.
So war es also keineswegs verwunderlich, wenn mich die anderen verhöhnten. Aber war es nicht töricht, mich zu beneiden? Um was denn? Um meine erbärmliche Weichherzigkeit etwa?

Wenn ich die Mädchen mit den rotbemalten und weißgepuderten Gesichtern in grellfarbigen Kleidern in den Cafés sitzen und nach Kunden Ausschau halten sah, brachte ich nicht den Mut auf, mich zu ihnen zu setzen, und wenn ich die *Lebemänner* sah, die, einen hohen Hut auf dem Kopf, einen Kneifer auf der Nase, vor sich hin näselten, um sich den Anschein eines preußischen Adligen zu geben, dann fehlte es mir ebenso an Mut, mich zu ihnen zu gesellen. Da ich nun einmal diese Art von Mut nicht besaß, pflegte ich auch keinen Umgang mit jenen lebenslustigen Landsleuten. Und weil ich mich von ihnen fernhielt, verhöhnten und beneideten sie mich nicht nur, sondern begannen mich obendrein zu beargwöhnen. Das trug mir falsche Beschuldigungen ein, die dann binnen kurzem unermeßliches Leid und Unglück über mich brachten.

Eines Abends kam ich nach einem Spaziergang durch den Tiergarten von der Straße Unter den Linden her auf meinem Weg in die Monbijoustraße, wo ich mir ein Zimmer gemietet hatte, an der alten Kirche in der Klosterstraße vorbei. Ich weiß nicht, wie oft ich schon vor diesem u-förmig zurückversetzt errichteten dreihundert Jahre alten Gemäuer stehengeblieben war, um es voller Entzücken zu betrachten, wenn ich das Lichtermeer durchquert hatte und in diese enge düstere Gasse eingebogen war – vor diesem Gemäuer gegenüber den Wohnhäusern, wo über den hölzernen Balkonbrüstungen noch Bettlaken und Leibwäsche zum Trocknen hingen, gegenüber der Schenke, vor deren Eingang ein langbärtiger jüdischer Greis herumstand, und gegenüber der Mietskaserne, deren eine Stiege von außen direkt nach oben und eine andere nach unten in die Kellerwohnung führte, in der ein Schmied hauste.

Ich war gerade im Begriff, an diesem Ort vorüberzugehen, da erblickte ich ein junges Mädchen, das, an die verschlossene Kirchentür gelehnt, leise vor sich hin schluchzte. Es mochte sechzehn oder siebzehn Jahre sein. Unter dem Tuch, das seinen Kopf bedeckte, quoll Haar von lichtgoldener Farbe hervor, und die Kleidung, die es trug, sah sauber und ordentlich aus. Aufgeschreckt durch meine Schritte, wandte es mir sein Gesicht zu – zu beschreiben vermag ich es nicht, dazu müßte ich ein Dichter sein. Aber wieso eigentlich durchdrang ein einziger Blick aus diesen blauen, klaren, bekümmert fragenden Augen, halbverdeckt von langen Wimpern, an denen Tränen hingen, mein Herz, das sonst immer so sehr auf der Hut war, gleich bis auf den Grund?

War dem Mädchen unerwartet ein tiefes Leid widerfahren, daß es, immer noch fassungslos, hier stand und weinte? Das Mitleid siegte über meine Scheu, ich trat unwillkürlich auf das Mädchen zu und fragte es: „Warum weinen Sie? Ich bin zwar ein wildfremder Ausländer, aber vielleicht kann ich Ihnen gerade deswegen um so eher helfen." Mich verblüffte meine eigene Kühnheit.

Erschrocken blickte das Mädchen in mein gelbes Gesicht, und es muß mir wohl angesehen haben, daß ich es aufrichtig meinte.

„Sie scheinen ein gütiger Mensch zu sein. Nicht grausam wie er. Und wie meine Mutter." Wieder rannen Tränen, die für einen Moment versiegt waren, über die lieblichen Wangen. „Retten Sie mich! Damit ich nicht in Schimpf und Schande gerate. Meine Mutter sagt, wenn ich nicht tue, was er von mir verlangt, verprügelt sie mich. Mein Vater ist gestorben. Wir müssen ihn morgen beerdigen und haben nicht einen Pfennig Erspartes im Haus." Die Stimme erstickte in Schluchzen. Wie gebannt starrte ich auf den bebenden Nacken des mit gesenktem Kopf vor mir stehenden Mädchens.

„Ich bringe Sie nach Hause, aber nun beruhigen Sie sich erst einmal. Es muß Sie ja nicht gleich jeder hören. Wir sind hier immerhin auf der Straße." Während ich das sagte, hatte sich das Mädchen, offenbar ganz unbewußt, an meine Schulter gelehnt, aber nun blickte es plötzlich auf, schaute mich an, als hätte es mich jetzt zum erstenmal wahrgenommen, und wich verschämt von meiner Seite.

Ich folgte dem Mädchen, das mit schnellen Schritten, aus Furcht, gesehen zu werden, davoneilte. Wir gingen durch ein Tor genau gegenüber der Kirche und stiegen eine ausgetretene Steintreppe in den vierten Stock hinauf bis zu einer Tür, durch die man nur gebückt hindurchkam. Das Mädchen griff nach dem gebogenen

Ende eines rostigen Drahtes und zog kräftig daran, worauf drinnen eine heisere ältliche Frauenstimme fragte: „Wer ist da?“ Kaum hatte das Mädchen geantwortet: „Ich bin's, Elis“, wurde die Tür aufgerissen, und in ihr stand eine ältere Frau mit einer von den Spuren des Elends gezeichneten Stirn unter halbergrautem Haar. Sie hatte ein abgetragenes Wollkleid an, und ihre Füße steckten in schmutzigen Pantoffeln. Elis machte einen Knicks vor mir und ging hinein, woraufhin ihre Mutter, als könnte sie es kaum mehr erwarten, die Tür krachend zuschlug.

Im ersten Moment war ich wie benommen, aber als ich dann im Schein der Öllampe auf die Tür blickte, las ich, mit Lackfarbe geschrieben: „Ernst Wiegert“ und darunter: „Schneidermeister.“ Das ist bestimmt der gerade verstorbene Vater des Mädchens, sagte ich mir. Drinnen schien man sich zu streiten, doch nachdem es wieder still geworden war, öffnete sich erneut die Tür. Die alte Frau von vorhin entschuldigte sich sehr höflich für ihr ungebührliches Benehmen und bat mich herein. Gleich hinter der Tür lag die Küche. Vor dem niedrigen Fenster zur Rechten hingen sauber gewaschene weiße Gardinen aus Linnen. Links befand sich ein einfacher, aus Ziegeln gemauerter Herd. Die Zimmertür genau gegenüber stand halb offen und gab den Blick auf ein mit einem weißen Tuch bedecktes Bett frei. Darauf ruhte wohl der Tote. Die alte Frau öffnete die Tür neben dem Herd und führte mich in ein Zimmer. Das war eine sogenannte *Mansarde,* ein Raum an der Stirnseite mit einer schrägen Decke. Dort, wo man sich, hielte man sich aufrecht, den Kopf an den mit Tapete beklebten Balken, die von der Dachecke schräg nach unten zum Fenster verliefen, stoßen würde, stand ein Bett. Über den Tisch in der Mitte des Zimmers war eine hübsche Stickerei gebreitet, und es lagen ein paar Bücher und ein

Blick auf das Berliner Schloß von der Schleusenbrücke aus.

Gemälde von Albert Kiekebusch, 1892

oenigstadt Bier
atzenhofer Bier.
Abend Speisekarte
halbe Portionen
soliden Preisen

Victoria-Theater in der Münzstraße 20.
Architekt: Eduard Titz (nach Langhans),
1859; um 1890 abgebrochen.
Foto: F. Albert Schwartz, 1880

Fotoalbum darauf. In einer Vase steckte ein teurer Blumenstrauß, der nicht so recht hierher paßte. Daneben stand etwas verlegen Elis.

Sie war sehr schön. Auf ihrem milchfarbenen Gesicht schimmerte im Widerschein der Lampe eine zarte Röte. Ihre schmalen, zierlichen Hände und Füße verrieten nichts davon, daß sie ein Kind armer Eltern war. Nachdem die alte Frau das Zimmer verlassen hatte, sagte das Mädchen mit leichtem Berliner Akzent:

„Verzeihen Sie mir! Es war unschicklich, Sie hierherzuführen. Aber Sie sind ein gutherziger Mensch und werden mir deshalb sicherlich nicht böse sein. Morgen wird mein Vater beerdigt. Ich hatte auf Schaumberg gebaut. Sie werden ihn nicht kennen. Er ist der Direktor vom Victoria-Theater. Zwei Jahre arbeite ich schon bei ihm, und da dachte ich, er würde uns ohne weiteres helfen. Aber was macht er? Er nutzt unsere Not aus und verlangt so was von mir! Retten Sie mich, bitte! Ich werde Ihnen das Geld von meiner kleinen Gage zurückzahlen, und wenn ich hungern müßte. Sollten auch Sie uns nicht helfen können, bleibt mir nichts anderes übrig, als auf meine Mutter zu hören . . ."

Tränen in den Augen, bebte sie am ganzen Körper. Dabei war ihr Blick, mit dem sie zu mir aufsah, so betörend, daß man überhaupt nicht nein sagen konnte. Wußte sie um diese Wirkung, oder ahnte sie selber gar nichts davon?

Ich hatte zwar ein paar *Mark* in Silbermünzen bei mir, aber die hätten ihr sicherlich nicht gereicht. Deshalb band ich meine Uhr ab und legte sie auf den Tisch. „Vielleicht kommen Sie damit fürs erste zurecht. Sagen Sie dem Pfandleiher, der Bote soll sich bei Ôta, Monbijoustraße 3, melden, damit ich ihm das Geld aushändigen kann."

Das Mädchen war ganz offensichtlich tief gerührt. Es

küßte mir die Hand, die ich ihm zum Abschied reichte, und dabei tropften heiße Tränen auf meinen Handrükken.

Doch welch ein Verhängnis! Sich zu bedanken, kam das Mädchen zu mir in die Wohnung, und es war, als sei unter dem Fenster meines Arbeitszimmers, in dem ich, Schopenhauer zur Rechten und Schiller zur Linken, eifrig studierend die Tage verbrachte, mit einemmal eine wunderhübsche Blume erblüht. Von da an wurden die Beziehungen zwischen uns allmählich immer enger, und kaum hatten meine Landsleute davon erfahren, hieß es auch schon, ich würde meine Netze unter den Ballettmädchen auswerfen. Dabei war damals zwischen uns noch nichts anderes als die harmlose Freude, zusammen zu sein.

Ich scheue mich, seinen Namen zu nennen, aber unter meinen Landsleuten gab es einen, der voller Boshaftigkeit steckte. Er schrieb meinem Vorgesetzten, ich würde oft ins Theater gehen und mit Schauspielerinnen verkehren. Mein Vorgesetzter, ohnehin schon ungehalten darüber, daß ich mich im Studium auf Abwege begeben hatte, setzte schließlich die Gesandtschaft davon in Kenntnis. Man hatte mich meines Postens enthoben und aus der Beamtenliste gestrichen. Bei der Übermittlung dieses Bescheids sagte mir der Gesandte, sofern ich unverzüglich in die Heimat zurückkehrte, würden mir die Reisekosten erstattet, sollte ich jedoch zu bleiben beabsichtigen, hätte ich mit keiner offiziellen Hilfe mehr zu rechnen. Ich erbat mir eine Woche Bedenkzeit, und während ich mir noch den Kopf zermarterte, erreichten mich zwei Briefe, die bittersten meines Lebens. Sie waren beide fast zur gleichen Zeit abgeschickt worden, der eine war von meiner Mutter, der andere kam von einem Verwandten und vermeldete mir den Tod meiner Mutter, meiner über alles geliebten Mutter. Ich kann auf das, was im Brief meiner Mutter stand, hier nicht eingehen, weil mich dann die Tränen daran hindern würden, weiterzuschreiben.

Die Beziehungen zwischen mir und Elis waren bisher unschuldiger, als es in den Augen anderer erscheinen mochte. Weil ihr Vater arm war, hatte sie nichts Ordentliches lernen können. Mit fünfzehn war sie dem Angebot eines Tanzmeisters gefolgt und in diesem anrüchigen Gewerbe ausgebildet worden. Nach Abschluß des *Kursus* kam sie ans Victoria-Theater, wo sie derzeit einen zweiten Platz unter den Ballettmädchen einnahm. Sie führte also das traurige Leben einer Tänzerin, von der der Dichter Hackländer sagt, sie sei die Sklavin der heutigen Zeit. Für einen Lohn, der kaum der Rede wert ist, sind diese Mädchen in Fesseln geschlagen und werden tagsüber bei den Proben und abends auf der Bühne hart herangenommen. Sobald sie die Garderobe des Theaters betreten haben, pudern und schminken sie sich und schlüpfen in hübsche Kostüme, draußen aber reicht es oft nicht einmal für sich selber zum Kleiden und Essen, und wenn nun eine von ihnen auch noch Vater, Mutter und Geschwister zu ernähren hat, wie schlimm ist die dann erst dran! So soll es denn nicht selten sein, daß eine da am Ende ins schändlichste aller Gewerbe hinabsinkt. Elis war dem dank ihrer eigenen Sittsamkeit und der gestrengen väterlichen Hut entgangen. Von klein an las sie ganz gern, hatte aber immer nur die billigen Romane aus den Leihbüchereien, die man *Kolportagen* nennt, in die Hand bekommen, doch seit wir uns kannten, lernte sie, die Bücher zu lesen, die ich ihr borgte. Nach und nach fand sie auch zu einem guten Geschmack, legte ihren Dialekt ab und machte immer weniger Rechtschreibfehler in ihren Briefen, die sie mir schrieb. So war denn das Verhältnis zwischen uns anfangs mehr das eines Lehrers zur Schülerin. Als ich ihr erzählte, daß man mich ganz plötzlich entlassen hätte, wurde sie blaß. Daß das mit ihr zu tun hatte, behielt ich zwar für mich, dennoch bat sie mich sogleich, es vor ihrer Mutter zu verheimlichen. Elis fürchtete nämlich, ich könnte bei ihrer Mutter in Ungnade fallen, wenn sie erführe, daß man mir meinen Aufenthalt nicht länger finanzierte.

Ich glaube, ich kann auf Einzelheiten verzichten. Nur soviel: Das alles war der Anlaß, daß meine Liebe zu Elis mit einemmal immer heftiger wurde und zwischen uns nur schwer wieder zu lösende Bande entstanden. Nun mag manch einen mein Verhalten verwundern, mancher mag es auch tadeln, denn schließlich hatte ich eine Entscheidung für mein ganzes Leben zu treffen und befand mich in einer äußerst kritischen Situation. Aber ich liebte Elis doch schon seit unserer ersten Begegnung innig, und jetzt rührten mich ihre hübsche Gestalt mit dem gelösten Haar und ihr leicht gesenktes Gesicht, aus dem Mitleid über mein Unglück und Sorge über eine Trennung sprachen, so sehr, daß ich, von Kummer und Schmerz getrieben, in Verzückung geriet. Und so ist es denn geschehen!

Der Tag, für den ich mit dem Gesandten verabredet war, rückte heran und damit auch die Entscheidung über mein Schicksal. Wenn ich unverzüglich in die Heimat zurückkehrte, würde ich, ohne abgeschlossenes Studium und obendrein schlecht beleumdet, wohl kaum wieder Boden unter den Füßen bekommen, und wenn ich bliebe, hätte ich nichts, um meinen Aufenthalt zu bestreiten.

Es war Aizawa Kenkichi, der mich damals rettete. Jetzt ist er einer meiner Reisegefährten. Er war zu der Zeit in Tôkyô schon Privatsekretär beim Grafen Amakata. Im Regierungsanzeiger hatte er von meiner Entlassung gelesen und daraufhin den Herausgeber einer

Platz vor dem Brandenburger Tor; im Hintergrund der Reichstag.

Foto: 1899

Zeitung überredet, mich in dessen Redaktion aufzunehmen, und, da ich in Berlin weilte, mich von hier über Politik, Wissenschaft und Kunst berichten zu lassen.

Was mir die Zeitung zahlte, war kaum der Rede wert, aber wenn ich die Wohnung wechselte und mir auch einen anderen Mittagstisch suchte, würde es zu einem bescheidenen Leben gerade so reichen. Während ich noch hin und her überlegte, war es Elis, die mir als Beweis ihrer Liebe das Rettungsseil zuwarf. Ich weiß nicht, wie sie es geschafft hat, ihre Mutter dazu zu bewegen, daß ich zu ihnen in die Wohnung ziehen durfte. Es ergab sich dann auch, daß wir das wenige, was wir an Einkünften hatten, schließlich zusammenlegten, und so verbrachten wir trotz aller Armut eine glückliche Zeit.

Nach dem Morgenkaffee ging Elis zur Probe, hatte sie frei, blieb sie zu Hause, während ich mich in das schmale, sich sehr lang nach hinten hinziehende Lokal in der Königstraße begab, dort alle möglichen Zeitungen studierte und mir dieses und jenes für meine Berichte mit dem Bleistift notierte. Was mögen die fremden Menschen wohl bei sich gedacht haben, wenn sie den Japaner in dem Raum, in den das Licht durch die geöffneten Schiebefenster fiel, neben den unterschiedlichsten Leuten sitzen sahen, neben dem jungen Burschen, der keine feste Arbeit hatte, neben dem Alten, der unbeschwert in den Tag hineinlebte, indem er sein bißchen Geld verborgte, oder neben dem Händler, der seinen Stand mal für eine Weile verlassen hatte, um die Beine auszuruhen? Mit was für Augen mögen sie ihn gesehen haben, wenn er auf der kühlen steinernen Tischplatte den Bleistift eifrig über das Papier gleiten ließ, ohne darauf zu achten, daß der Kaffee, den ihm die kleine Kellnerin gebracht hatte, kalt wurde, und immer wieder hinüber zur Wand ging, um sich eine der frei gewordenen Zeitungen zu holen, die dort, eingeklemmt zwischen zwei Holzstäben, hingen? Und bestimmt wird mancher das zarte Mädchen, das so aussah, als könne man es auf der ausgestreckten Hand tanzen lassen, mit argwöhnischen Blicken begleitet haben, wenn es an den Tagen, da es Proben hatte, gegen ein Uhr auf dem Heimweg vorbeikam, um mich abzuholen.

Die Wissenschaft lag für mich brach. An dem Tisch, an den Elis, wenn sie vom Theater heimkam, ihren Stuhl rückte und nähte, verfaßte ich im trüben Schein der einzigen Lampe des Dachzimmers meine Korrespondenzen. Im Unterschied zu früher, da ich nur dürres Paragraphenlaub auf dem Papier zusammengekehrt hatte, befaßte ich mich jetzt mit diesem und jenem, mit dem sehr lebendigen Auf und Ab in der Politik ebenso wie mit neuen Erscheinungen in Kunst und Literatur, und schrieb mit größtem Bemühen, mehr an Heine als an Börne orientiert, die verschiedensten Aufsätze. Besonders ausführlich berichtete ich über den kurz aufeinanderfolgenden Tod von Wilhelm I. und Friedrich III. sowie über die Inthronisation des neuen Kaisers und die Frage, ob Fürst Bismarck bleiben oder zurücktreten werde. So war ich denn nun beschäftigter als vorher gedacht und kam kaum noch dazu, selbst in die wenigen Bücher, die ich besaß, mal hineinzuschauen und meinen früheren Studien nachzugehen. Ich war zwar noch an der Universität eingeschrieben, aber da es mir schwerfiel, die Gebühren aufzubringen, hatte ich nicht mehr als eine Vorlesung belegt, und selbst die besuchte ich nur selten.

Die Wissenschaft lag also für mich brach. Dafür aber erwarb ich mir eine andere Art von Bildung, und zwar auf der Grundlage von Allgemeinkenntnissen, die wohl in keinem Land Europas so weit verbreitet sind wie in Deutschland. Verstreut in Hunderten von Zei-

Berliner Straßenverkehr.
Holzstich, 1880

NEW-YORK HOTEL
BUCHHOLZ
Damen-Friseur
CLUB ROYAL
CAFÉ MOZART.
653

Die Weidendammer Brücke mit Blick in die Straße Am Weidendamm. Foto: um 1900

tungen und Zeitschriften finden sich viele sehr niveauvolle Abhandlungen, und diese habe ich seit dem Tag, da ich Korrespondent geworden war, ausgerüstet mit der früher beim Besuch der Universität erworbenen Fähigkeit, die Dinge zu durchschauen, gelesen und immer wieder gelesen und mir daraus abgeschrieben und immer wieder abgeschrieben. Dadurch hat sich mein Wissen, das bis dahin nur einen einzigen Weg gegangen war, von ganz allein erweitert und einen Stand erreicht, an den die meisten meiner hier studierenden Landsleute selbst im Traum nicht zu denken wagten. Konnte doch manch einer von ihnen nicht einmal den Leitartikel einer deutschen Zeitung verstehen.

Es kam der Winter achtundachtzig. Auf den Gehsteigen entlang der Hauptstraßen war der Schnee weggefegt und Sand gestreut, aber in der Gegend um die Klosterstraße überzog eine einzige Eisschicht das holprige Pflaster. Öffnete man morgens die Haustür, lagen die armen kleinen Spatzen, verhungert und erfroren, tot auf dem Boden. Auch wenn in den Öfen ein Feuer brennt und man die Zimmer heizt, ist die Kälte hier im Norden Europas kaum zu ertragen; sie dringt durch die Kleidung aus Wolle, ja selbst durch die Steinwände. Elis war vor ein paar Tagen abends auf der Bühne ohnmächtig geworden, und man hatte sie nach Hause gebracht. Seither pausierte sie, weil sie sich nicht wohl fühlte, wie sie sagte. Jedesmal, wenn sie etwas aß, mußte sie sich erbrechen, und die Mutter war die erste, die dies als Anzeichen einer Schwangerschaft deutete. Falls das wirklich so ist, was soll dann bloß werden? fragte ich mich, da meine Zukunft ohnedies schon unsicher genug war.

Es war ein Sonntag, und ich saß deshalb zwar zu Hause, wurde aber trotzdem meines Herzens nicht froh. Elis mußte nicht liegen. Sie hatte ihren Stuhl dicht an den kleinen eisernen Ofen gerückt und schwieg meistens vor sich hin. Da hörte ich eine Stimme an der Wohnungstür, und gleich darauf brachte mir die Mutter, die sich in der Küche aufgehalten hatte, einen Brief. Daß er von Aizawa kam, erkannte ich sofort an der Schrift, nur war er mit einer preußischen Marke frankiert und in Berlin abgestempelt. Verwundert öffnete ich das Kuvert. Er hätte, so schrieb Aizawa, mich vorher nicht benachrichtigen können, weil sich die Reise ganz plötzlich ergeben habe, doch nun befinde er sich seit gestern abend in Begleitung des Ministers Graf Amakata in Berlin, und der Graf wünsche mich unverzüglich zu sprechen, eine gute Gelegenheit für mich, meine Ehre wiederzuerlangen. Soviel nur zum Wichtigsten in aller Eile. – Als ich das gelesen hatte und Elis mein entgeistertes Gesicht sah, fragte sie: „Ein Brief aus deiner Heimat? Aber was Schlimmes ist es doch nicht?" Sie nahm wohl an, meine Zeitung hätte mir wegen des Honorars geschrieben. „Nein. Du brauchst dir keine Sorgen zu machen. Erinnerst du dich an Aizawa, von dem ich dir erzählt habe? Er ist zusammen mit dem Minister hierher nach Berlin gekommen und bittet mich zu sich. Es eilt, schreibt er. Am besten, ich mache mich gleich auf den Weg."

Selbst eine Mutter, die ihr über alles geliebtes einziges Kind hinaus in die Welt schickt, wäre nicht fürsorglicher gewesen: Elis unterdrückte ihr Unwohlsein und erhob sich, suchte mir das weißeste Hemd heraus, holte den sorgfältig weggehängten *Gehrock* hervor und half mir beim Anziehen. Sogar die Krawatte band sie mir.

„Fein schaust du darin aus; das wird keiner abstreiten können", sagte sie. „Beguck dich mal im Spiegel! Warum machst du denn so ein Gesicht? Am liebsten würde ich mitkommen." Mit leicht veränderter Miene fuhr sie fort: „Nein, so angezogen, siehst du gar nicht

An der Siegessäule.
Holzstich nach einer Zeichnung von H. Lüders, 1880

mehr wie mein Toyotarô aus." Und nach kurzem Nachdenken fügte sie hinzu: „Wenn du eines Tages reich und berühmt bist, wirst du mich hoffentlich nicht im Stich lassen. Auch wenn mein Unwohlsein nichts mit dem zu tun hat, wovon Mutter redet."

„Wie bitte? Reich und berühmt?" Ich lächelte. „Wo mir schon seit langem nichts mehr an der Politik oder sonst etwas liegt! Der Minister interessiert mich nicht. Ich gehe nur deshalb hin, weil ich nach vielen Jahren meinen Freund wiedersehen möchte."

Auf der Straße unter dem Fenster fuhr knirschend über den Schnee die von der Mutter herbeigerufene *Droschke* erster Klasse vor. Ich streifte die Handschuhe über, hängte mir den leicht angeschmutzten Mantel nur lokker um die Schultern, ohne in die Ärmel zu schlüpfen, griff nach dem Hut, gab Elis einen Kuß und ging hinunter. Elis öffnete das vereiste Fenster und schaute mir mit von dem Nordwind zerzaustem Haar nach, wie ich davonfuhr.

Am Hotel Kaiserhof stieg ich aus. Beim Portier erfragte ich die Zimmernummer des Sekretärs Aizawa und begab mich über mir längst ungewohnt gewordene Stufen aus Marmor hinauf in die Vorhalle, in der an der Stirnseite ein Spiegel hing und an einer Säule in der Mitte ein *Sofa* stand, das mit *Plüsch* bezogen war. Hier legte ich meinen Mantel ab und ging den Korridor entlang, vor dem Zimmer aber zögerte ich dann ein wenig. Mit was für einem Gesicht wird mich Aizawa, der während der Zeit unseres gemeinsamen Studiums über meinen tugendhaften Lebenswandel stets des Lobes voll gewesen war, heute wohl empfangen? Als ich ins Zimmer trat und ihm gegenüberstand, fand ich, daß er von der Figur her im Vergleich zu früher fülliger und stattlicher geworden war, sich aber in seiner aufgeräumten Art überhaupt nicht verändert hatte und auch meinen angeblichen Verfehlungen keinerlei Bedeutung beizumessen schien. Er ließ mir erst gar nicht die Zeit, mich über all das zu verbreiten, was seit unserer letzten Begegnung geschehen war, sondern führte mich sofort zum Minister, der mich beauftragte, einige ihm in Deutsch übergebene Schriftstücke, die er dringend brauchte, zu übersetzen. Als ich die Papiere entgegengenommen hatte und das Zimmer des Ministers verließ, folgte mir Aizawa und lud mich zum Mittagessen ein.

Bei Tisch fragte er viel, und ich antwortete viel. Sein Lebensweg war im großen und ganzen glatt verlaufen, nur ich paßte nicht in diese Welt und hatte deshalb schon so manches durchzustehen gehabt.

Während ich ihm offenherzig schilderte, wie alles über mich hereingebrochen war, schien er des öfteren bestürzt, machte mir aber keinerlei Vorwürfe, sondern schmähte vielmehr jenen unwürdigen Klüngel unter den Studenten. Doch als ich meine Geschichte zu Ende erzählt hatte, setzte er mir mit ernstem Gesicht in mahnendem Ton auseinander, daß es keinen Sinn habe, noch weiter darüber zu reden, weil das alles der mir angeborenen Weichherzigkeit zuzuschreiben sei. Statt dessen sollte ich ihm lieber sagen, ob jemand von meiner Bildung und meinem Talent, verstrickt in seine Gefühle zu einem kleinen Mädchen, nun ewig ein zielloses Leben führen dürfe. Zur Zeit gedenke Graf Amakata lediglich meine Deutschkenntnisse zu nutzen. Und er, Aizawa, werde, weil der Graf sehr wohl um die Gründe meiner Entlassung wisse, von sich aus auch nichts unternehmen, um sich für mich bei ihm zu verwenden, denn bekäme der Graf den Eindruck, hier würde jemand protegiert, dann hätte ich keinen Nutzen davon und ihm, Aizawa, selber würde es nur schaden. Die beste Empfehlung sei allemal, das eigene Können unter

Beweis zu stellen. Das sollte ich tun, um dadurch das Vertrauen des Grafen zu gewinnen. Und was nun meine Beziehungen zu dem Mädchen beträfen, so handle es sich dabei doch wohl nicht um eine Liebe, die auf dem Wissen um den Charakter des anderen und dessen Talente beruhe – auch wenn das Mädchen es noch so aufrichtig meinen und die Bindung noch so tief geworden sein möge –, als vielmehr um ein Verhältnis, das aus Anpassung an gewisse Gewohnheiten entstanden sei. Ich solle damit endlich Schluß machen. – Das war es etwa, was er zu mir sagte.

Bei den Aussichten, die mir Aizawa auf die Zukunft eröffnete, wurde mir wie jemand zumute, der ohne Steuerruder auf dem Ozean treibt und in der Ferne einen Berg erblickt. Dieser Berg war obendrein noch in dichten Nebel gehüllt, und es stand durchaus nicht fest, daß ich ihn erreichte und daß ich dort überhaupt meinen Frieden finden würde, wenn ich ihn jemals erreichen sollte. Das Leben jetzt war doch trotz aller Armut schön. Auf Elis und ihre Liebe verzichten, nein, das wäre unmöglich. In meiner weichlichen Art fiel es mir schwer, zu einem Entschluß zu kommen, aber dann folgte ich erst einmal dem Rat des Freundes und versprach, diese Beziehungen abzubrechen. Es ist immer wieder dasselbe mit mir: Einem Gegner widersetze ich mich, um ja nicht meinen Standpunkt aufzugeben, zu einem Freund aber kann ich nicht nein sagen.

Ich verabschiedete mich und ging. Draußen schlug mir der Wind ins Gesicht. Da ich aus dem Speisesaal eines *Hotels* kam, wo die Doppelfenster fest verschlossen waren und Feuer in einem großen Kachelofen brannte, empfand ich an diesem Nachmittag gegen vier Uhr die Kälte, die durch meinen dünnen Mantel drang, als geradezu unerträglich. Aber ich fror nicht nur äußerlich, auch in meinem Herzen verspürte ich eine Art Kälte.

Die Übersetzung erledigte ich noch in derselben Nacht. Von nun an begab ich mich häufig in den Kaiserhof, und wenn der Graf anfangs mit mir nur über die Aufträge gesprochen hatte, die er mir erteilte, so erzählte er mir bald von jüngsten Ereignissen aus der Heimat und fragte mich nach meiner Meinung dazu. Gelegentlich plauderte er sogar lachend über das Mißgeschick, das den einen oder anderen während der Reise getroffen hatte.

Etwa ein Monat war vergangen, als mich der Graf eines Tages unvermittelt fragte: „Ich fahre morgen nach Rußland, wollen Sie mich nicht begleiten?" Das kam völlig überraschend für mich, weil ich Aizawa, der dienstlich sehr beschäftigt war, schon seit mehreren Tagen nicht gesehen hatte. „Ganz zu Diensten", erwiderte ich, muß aber zu meiner Schande gestehen, daß diese Antwort keineswegs einem raschen Entschluß entsprang. Ich neige nämlich dazu, jemandem, dem ich vertraue, ohne erst lange nachzudenken, sofort meine Zusage zu geben, sobald er mich plötzlich um etwas bittet. Auch selbst wenn ich hinterher einsehe, daß es mir Schwierigkeiten bereiten wird, verberge ich meistens, wie unüberlegt es von mir war, schicke mich drein und tue, was ich versprochen habe.

An diesem Tag kam ich mit dem Geld für die Übersetzungen und den Auslagen für die Reise nach Hause. Das Honorar gab ich Elis. Damit würde sie alle Kosten bis zu meiner Rückkehr aus Rußland bestreiten können. Sie war beim Arzt gewesen, und der hatte ihr bestätigt, daß sie in anderen Umständen sei. Sie war sich selber die ganze Zeit über deshalb nicht sicher gewesen, weil sie zu Blutarmut neigte. Vom Theaterdirektor war ihr mitgeteilt worden, daß er sie wegen ihres allzu langen

Pausierens entlassen habe. Dabei war erst ein Monat vergangen, und so wird er sicherlich aus einem ganz anderen Grund so streng mit ihr verfahren sein. Meine Reise schien sie nicht sonderlich zu bekümmern, denn sie war davon überzeugt, daß mein Herz ohne Falsch sei.

Mit der Eisenbahn war es keine so lange Reise, und es bedurfte deswegen auch kaum größerer Vorbereitungen. Mir genügte ein kleiner Koffer, in den ich nicht viel mehr einpackte als den geliehenen Frack, den Gothaer Almanach des russischen Adels, den ich mir noch schnell gekauft hatte, und ein paar Wörterbücher. Da es in letzter Zeit ohnehin viel Betrübliches gegeben hatte, fürchtete ich, daß Elis sich nach meiner Abreise sehr verlassen vorkommen und auf dem Bahnhof in Tränen ausbrechen würde, und deshalb schickte ich sie am nächsten Morgen in aller Frühe zusammen mit ihrer Mutter zu Bekannten. Nachdem ich mich reisefertig gemacht hatte, schloß ich die Tür ab und gab den Schlüssel bei dem Schuster, der neben dem Hauseingang wohnte, in Verwahrung.

Was soll ich viel über meine Rußlandreise berichten? Meine Aufgabe als Dolmetscher nahm mich sogleich völlig in Anspruch und versetzte mich in die höchsten Gefilde. Die Pracht des Zarenpalais', mit dem anspruchsvollster Pariser Luxus gleichsam in Eis und Schnee umgezogen war, das Funkeln der Orden und *Epauletten* im Widerschein unzähliger gelber Wachskerzen, das Glitzern der Fächer in den Händen der Hofdamen, die beim Feuer in den mit Reliefs und Skulpturen verzierten *Kaminen* die Kälte draußen vergaßen – das war meine Umgebung während des Aufenthalts in Petersburg im Gefolge des Ministers. Und da ich von allen das Französische am flüssigsten sprach, war meistens ich es, der zwischen Gästen und Gastgeber zu dolmetschen hatte.

Doch auch darüber vergaß ich Elis nie. Nein, ich

Unter den Linden/Ecke Friedrichstraße um 1895.

Fotochrome: um 1905

konnte sie ja gar nicht vergessen, da sie mir täglich schrieb. Am Tag meiner Abreise war sie, wie sie mir in ihrem ersten Brief mitteilte, aus Angst davor, allein unter der Lampe zu sitzen, bis spät abends bei den Bekannten geblieben und hatte sich so lange unterhalten, bis sie müde wurde, um dann nach Hause zu gehen und sich gleich schlafen zu legen. Als sie am nächsten Morgen erwacht sei, habe sie zuerst geglaubt, sie träume nur, allein zu sein, und die Niedergeschlagenheit, mit der sie dann aufgestanden sei, hätte selbst bei einem, der bitterste Not leidet und nicht wisse, woher er für den Tag etwas zu essen bekommen soll, kaum größer sein können.

Ein etwas späterer Brief schien in arger seelischer Bedrängnis verfaßt worden zu sein. Mit dem Wort „Nein", begann er. „Nein", so schrieb sie, „ich habe bisher nicht gewußt, wie sehr ich Dich liebe. Du hast gesagt, Du besitzt keine nahen Angehörigen mehr in Deiner Heimat, womit Du doch wohl meintest, Du würdest bleiben, wenn sich etwas finden ließe, um hier dein Leben bestreiten zu können. Außerdem sollte Dich meine Liebe hier festhalten. Wenn Du aber trotzdem in den Osten zurückkehren möchtest, würde es mir und Mutter bestimmt nichts ausmachen, mit Dir zu gehen, nur woher sollen wir das viele Geld für die Reise nehmen? Bisher hatte ich immer geglaubt, ich könnte warten, bis Du hier irgendwie Deinen Weg machst, aber jetzt, wo gerade erst zwanzig Tage vergangen sind, seit Du Deine eigentlich nur kurze Reise angetreten hast, fällt es mir von Tag zu Tag schwerer, von Dir getrennt zu sein. Wie habe ich mich getäuscht, als ich dachte, der Trennungsschmerz würde nur für einen Moment anhalten. Daß ich in anderen Umständen bin, wird allmählich immer deutlicher, und auch darum verlaß mich bitte nicht, mag kommen, was will. Ich habe mich heftig mit

Mutter gezankt. Aber sie hat dann ein Einsehen gehabt, als ihr klar wurde, um wieviel entschlossener ich jetzt im Unterschied zu früher bin. An dem Tag, hat sie gesagt, da ich nach Asien reisen würde, ginge sie zu entfernten Verwandten, die in der Nähe von Stettin als Bauern leben. Wenn Dich, wie Du geschrieben hast, der Minister so hoch schätzt, dann müßten wir doch irgendwie auch zu dem Reisegeld für mich kommen. Vorerst sehne ich jetzt nur den Tag herbei, an dem Du wieder in Berlin bist."

Als ich diesen Brief las, wurde mir zum erstenmal so richtig bewußt, in was für einer Lage ich mich befand. Die Trägheit meines Herzens war schon beschämend. Ich hatte mir immer voller Stolz eingebildet, sowohl mein eigenes Verhalten als auch das anderer, mir nicht nahestehender Menschen durchaus bestimmen zu können. Doch nun stellte sich heraus, daß ich das nur in guten, nicht aber in widrigen Zeiten vermochte. Sobald ich versuche, die Beziehungen zwischen mir und einem anderen zu erhellen, trübt sich der sonst so verläßliche Spiegel in meiner Brust.

Der Minister begegnete mir bereits mit großem Wohlwollen. Ich in meiner Kurzsichtigkeit aber sah immer nur die Pflichten, die ich übernommen hatte, und Gott kann es bezeugen, daß ich auch nicht mit dem leisesten Gedanken Hoffnungen auf die Zukunft dareinsetzte. Doch jetzt, da mir meine Situation klargeworden war, konnte ich da weiter alles so gelassen hinnehmen? Als mein Freund mir die Arbeit verschaffte, erschien mir das Vertrauen des Ministers unerreichbar wie ein Vogel auf dem Dach, nun aber hatte ich es offenbar doch gewonnen, denn in letzter Zeit flocht Aizawa gelegentlich in seine Worte ein: „So wie jetzt sollte es auch bleiben, wenn wir wieder zu Hause sind." Bedeutete das, daß sich der Minister bereits dazu geäußert hatte und Ai-

Das Brandenburger Tor in Berlin.
Foto: um 1887

Universitätsgebäude Unter den Linden (ehemals Prinz-Heinrich-Palais).
Foto: um 1905

zawa trotz aller Freundschaft nur deshalb nicht offen mit mir darüber sprach, weil es sich um eine offizielle Angelegenheit handelte? Außerdem frage ich mich heute, ob er nicht den Minister von meinem leichtfertigen Versprechen, die Beziehungen zu Elis abzubrechen, sofort unterrichtet hatte.

Als ich damals nach Deutschland kam, glaubte ich zunächst, mich selbst und meinen eigenen Weg gefunden zu haben, und ich hatte mir geschworen, nie wieder ein bloßes Instrument zu werden. Doch glich ich da nicht einem aus dem Käfig entlassenen, aber an den Beinen nach wie vor gefesselten Vogel, der, stolz auf die erlangte Freiheit, eine Weile mit den Flügeln schlägt? Die Leine vermochte ich nicht abzustreifen. Früher hatte mich daran mein Vorgesetzter im Ministerium dirigiert, jetzt hielt sie zu meinem Leidwesen Graf Amakata in der Hand.

Gerade am Morgen des ersten Tages im neuen Jahr traf ich im Gefolge des Ministers wieder in Berlin ein. Ich verabschiedete mich auf dem Bahnhof und fuhr mit einer Droschke nach Hause. Ringsum herrschte einsame Stille, weil es hier Brauch ist, nach durchwachter Silvesternacht am Neujahrstag zu schlafen. Es war sehr kalt. Der verharschte Schnee auf den Straßen glitzerte in der Sonne. Die Droschke bog in die Klosterstraße ein, und kaum daß sie vor der Haustür hielt, hörte ich, wie ein Fenster geöffnet wurde, auch wenn ich nichts sehen konnte. Ich bat den Kutscher, den Koffer zu nehmen, und wollte gerade die Treppe hinaufsteigen, als mir Elis entgegengeeilt kam. Mit einem Aufschrei fiel sie mir um den Hals, woraufhin der Kutscher recht verblüfft dreinschaute und etwas in seinen Bart murmelte, das jedoch nicht zu verstehen war.

„Ein Glück, daß du wieder da bist! Wärst du nicht wiedergekommen, wär das mein Tod gewesen."

Bis zu diesem Augenblick war mein Herz noch unsicher. Die Sehnsucht nach der Heimat und das Verlangen nach Ruhm hatten bisweilen die Liebe besiegen wollen, doch jetzt schwand alles Zögern und Zaudern. Ich schloß sie in die Arme. Ihr Kopf sank auf meine Schultern, und Freudentränen rannen ihr über das Gesicht.

„Welche Etage?“ fragte der Kutscher, der schon oben auf der Treppe stand, in brummigem Ton.

Ich gab der Mutter, die mich vor der Tür begrüßte, eine Silbermünze mit der Bitte, den Kutscher zu entlohnen, und eilte, von Elis bei der Hand genommen, in das Zimmer. Schon auf den ersten Blick hin geriet ich ins Staunen, denn auf dem Tisch häuften sich weißes Baumwollzeug und Spitzen.

„Was sagst du dazu, daß ich schon alles vorbereitet habe?“ fragte Elis lächelnd, während sie mit dem Finger darauf zeigte und dann ein Stück Baumwolltuch hochhob: Es war eine Windel. „Wenn du wüßtest, wie glücklich ich bin! Das Kind wird bestimmt die gleichen schwarzen Augen haben wie du. Diese Augen! Immer habe ich im Traum nur diese schwarzen Augen gesehen. Wenn das Kind da ist, dann soll es wirklich unser Kind sein, und du wirst doch sicherlich nicht wollen, daß es einen anderen Namen trägt als du?“ Sie senkte den Kopf. „Vielleicht lachst du mich aus, weil es dir kindisch vorkommt, aber ich freue mich jetzt schon auf den Tag, da ich es zur Taufe in die Kirche tragen werde.“ Als sie wieder aufblickte, schwammen ihre Augen in Tränen.

Da ich annahm, der Minister sei von der Reise erschöpft, hatte ich es einige Tage unterlassen, ihn aufzusuchen, und war zu Hause geblieben, bis ich dann eines Abends zu ihm gerufen wurde. Diesmal empfing er mich besonders herzlich, und nachdem er mir für

Museum für Naturkunde
in der Invalidenstraße 42/43.
Architekt: August Tiede, 1883–88.
Foto: Wilhelm Wicke, um 1890

meine Mühen während der Rußlandreise gedankt hatte, meinte er, ob ich nicht mit ihm zusammen in die Heimat zurückkehren wolle, er wisse zwar über meine wissenschaftlichen Fähigkeiten nicht so genau Bescheid, aber meine Sprachkenntnisse allein seien schon wertvoll genug. Da ich bereits seit langem hier lebte, habe er befürchtet, ich könnte bestimmte Bindungen eingegangen sein, und sei deshalb froh gewesen, von Aizawa zu hören, daß es sich nicht so verhalte. Er sprach in einer Art, die es mir unmöglich machte, sein Angebot dankend abzulehnen. Zuerst wollte ich es, aber dann hätte ich Aizawa der Lüge zeihen müssen, und außerdem setzte sich plötzlich in meinem Kopf der Gedanke fest, daß ich mein Vaterland verlieren, mir den Weg zur Wiedererlangung meiner Ehre versperren und für immer im Menschenmeer dieser riesigen europäischen Großstadt begraben sein würde, wenn ich jetzt die mir dargebotene Hand nicht ergriffe. Oh, wie treulos ich doch war! Denn ich antwortete: „Jawohl, ich bin bereit!"

Konnte ich denn die Stirn haben und nach Hause gehen, um Elis das zu sagen? Völlig verstört verließ ich das *Hotel*. Auf der Straße wußte ich nicht mehr links und rechts zu unterscheiden und war so in Gedanken, daß ich ein paarmal die herannahenden Droschken nicht bemerkte und erst erschrocken zur Seite sprang, wenn mich die Kutscher beschimpften. Als ich nach einer Weile um mich schaute, sah ich mich in der Nähe des Tiergartens. Ich ließ mich am Straßenrand auf eine Bank fallen und legte meinen glühenden Kopf, der mir obendrein dröhnte, als hätte ich einen Schlag mit dem Hammer bekommen, auf die Rückenlehne. Wie viele Stunden mag ich wohl wie tot dagesessen haben? Die Kälte drang mir bis ins Mark und brachte mich wieder zur Besinnung. Da war es schon tiefe Nacht, und es fiel dichter Schnee. Einen Zoll hoch lagen die Flocken auf der Krempe meines Hutes und den Schultern meines Mantels.

Es muß bereits nach elf Uhr gewesen sein. Die Schienen der Pferdebahn auf der Karlstraße in Moabit waren unterm Schnee begraben, einsam schimmerten die Gaslaternen vor dem Brandenburger Tor herüber. Ich wollte aufstehen, aber meine Beine waren starr vor Kälte, und ich rieb sie deshalb mit beiden Händen, bis ich endlich wieder gehen konnte.

Da ich nur mühsam einen Fuß vor den anderen brachte, war Mitternacht wohl schon vorüber, als ich in der Klosterstraße anlangte. Aber wie und auf welchem Wege ich dorthin gekommen war, hätte ich nicht zu sagen gewußt. Es war eine Nacht ganz am Anfang des Monats Januar, und so wird denn in den Cafés und Weinstuben in der Straße Unter den Linden noch ein reges Kommen und Gehen gewesen sein, doch ich hatte nichts davon wahrgenommen. Mein Kopf war voll von dem einen Gedanken, daß ich eine unverzeihliche Schuld auf mich geladen hatte.

Allem Anschein nach schlief Elis oben in der Dachstube noch nicht. Ich konnte das Licht einer Lampe deutlich erkennen, wenn es sich vor dem dunklen Himmel abzeichnete, doch es war, als treibe der Wind sein Spiel damit, denn es verschwand plötzlich hinter den Schneeflocken, die wie Reiherfedern herabschwebten, um ebenso plötzlich wieder aufzutauchen. Nachdem ich in das Haustor getreten war, spürte ich mit einemmal meine Erschöpfung und in allen Gliedern einen unerträglichen Schmerz, so daß ich nur fast kriechend die Treppe heraufkam. Ich ging durch die Küche und öffnete die Zimmertür. In demselben Moment drehte sich Elis, die am Tisch saß und Windeln nähte, um und schrie kurz auf. „Was ist passiert? Wie du aussiehst!“

Kloster-/Ecke Königstraße.
Rechts hinter dem „Hohen Haus" die Kunstschule
und das Graue Kloster.
Foto: F. Albert Schwartz, um 1885

Die Klosterkirche in der Klosterstraße. Holzstich von G. M. Kurz, um 1890

Daß sie erschrak, war kein Wunder, denn mein Gesicht war leichenblaß, mein Haar zerzaust, weil ich meinen Hut unterwegs verloren hatte, meine Kleidung war verschmutzt, voller Schnee und hier und da zerrissen, weil ich mehrmals gestürzt war.

Ich wollte antworten, aber meine Stimme versagte mir den Dienst. Die Knie zitterten mir, und ich konnte mich nicht länger auf den Beinen halten. Ich weiß nur noch soviel, daß ich an einem Stuhl Halt suchte, doch dann muß ich zu Boden gesunken sein.

Erst Wochen danach war ich wieder soweit, um zu begreifen, was sich zugetragen hatte: Während ich im Fieber vor mich hin phantasierte, hatte Elis mich liebevoll gepflegt. Eines Tages war Aizawa gekommen und hatte nun bis in die letzten Einzelheiten erfahren, was ihm von mir wohlweislich verborgen worden war, aber dem Minister hatte er nur mitgeteilt, ich sei krank, und alles andere so gefügt, wie es ihm für mich am günstigsten erschien. Als ich Elis zum erstenmal an meinem Krankenbett sitzen sah, erschrak ich über ihr verändertes Aussehen. Sie war in diesen wenigen Wochen sehr abgemagert, ihre geröteten Augen lagen tief in den Höhlen, ihre aschgrauen Wangen waren eingefallen. Dank Aizawas Unterstützung war für das tagtägliche Leben gesorgt, aber unser Wohltäter hatte Elis seelisch getötet.

Wie ich später erfuhr, war Elis, als Aizawa ihr von dem Versprechen, das ich ihm, und von der Zusage, die ich dem Minister an jenem Abend gegeben hatte, erzählte, plötzlich von ihrem Stuhl aufgesprungen und hatte mit fahlem Gesicht gerufen: „Mein Toyotarô, warum hast du mich verraten?“ Dann war sie ohnmächtig geworden. Gemeinsam mit der Mutter hatte Aizawa sie aufs Bett gelegt. Als sie nach einer Weile wieder zu sich gekommen sei, habe sie, wie man mir sagte, nur starr vor sich hin geblickt und niemanden mehr erkannt; sie habe meinen Namen gerufen, mich schrecklich verflucht, sich die Haare gerauft und in die Bettdecke gebissen, doch dann, plötzlich wieder anscheinend völlig bei Sinnen, etwas zu suchen begonnen. Aber alles, was die Mutter ihr gab, habe sie von sich geschleudert, bis diese ihr schließlich eine von den Windeln, die auf dem Tisch langen, in die Hand drückte. Elis habe die Windel betastet, sie sich vors Gesicht gepreßt und bitterlich geweint.

Seither hatte sie keinerlei Anfälle mehr gehabt, aber da ihr Geist fast völlig ausgelöscht war, glich sie in ihrer Stumpfheit eher einem Kleinkind. Der Arzt, dem sie vorgestellt wurde, sagte, es handle sich um eine *Paranoia* aufgrund einer plötzlichen übermäßigen seelischen Erschütterung. Aussicht auf Heilung bestehe nicht. Man wollte sie in die Irrenanstalt nach Dalldorf bringen, aber sie hatte sich weinend und schreiend dagegen gesträubt. Die eine Windel trug sie nun ständig bei sich. Sie holte sie immer wieder hervor, starrte darauf und schluchzte dann manchmal herzzerreißend. Sie wich auch nicht von meinem Krankenbett, aber selbst das schien ihr kaum mehr richtig bewußt zu sein, nur hin und wieder rief sie wie aus ferner Erinnerung: „Die Medizin! Die Medizin!"

Ich genas wieder völlig von meiner Krankheit. Wie oft habe ich, den lebenden Leichnam Elis in den Armen, Ströme von Tränen vergossen! Als dann der Tag meiner Rückreise in der Begleitung des Ministers heranrückte, gab ich der Mutter, nachdem ich mich mit Aizawa beraten hatte, ein kleines Kapital, das für beide wenigstens zu einem bescheidenen Leben reichen sollte, und bat sie, auch für das Kind, das ich im Leib der bedauernswerten geistig Umnachteten zurückließ, Sorge zu tragen, sobald es geboren würde.

Einen so guten Freund wie Aizawa Kenkichi findet man schwerlich noch einmal in dieser Welt. Trotzdem ist da bis heute etwas in mir, das ihn haßt.

Januar 1890

Alle japanischen Namen sind in der in Japan üblichen Reihenfolge wiedergegeben, das heißt, der Familienname steht vor dem Rufnamen.

Die von Mori Ôgai verwendeten – meist deutschen Wörter – sind mit Ausnahme von Namen kursiv gesetzt.

Aus dem Deutschlandtagebuch von Mori Ôgai

12. Oktober 1884

Es ist der Tag nach meiner Ankunft in Berlin. In aller Herrgottsfrühe kam Satô Sankichi zu mir ins *„Hotel garni zum Deutschen Kaiser"* in der *Schadowstraße* und schlug mir vor, gemeinsam Dr. Hashimoto Tsunatsune zu besuchen, der in *„Töpfer's Hotel"* am *Karlsplatz* wohnt. Als wir dann bei diesem vorsprachen, verneigte ich mich ehrfurchtsvoll. Doch Dr. Hashimoto winkte nur ab und belehrte mich erst einmal: „So tief verbeugt man sich hier nicht. Sie stoßen ja fast mit dem Kopf auf die Erde!" Später erfuhr ich dann, daß in Europa die gebildeteren jungen Leute von einem Tanzlehrer darin unterwiesen werden, wie man sich erhebt oder sich setzt, wie man eine Verbeugung oder einen Kniefall macht und daß selbst Japaner, die schon längere Zeit hier unter Europäern leben, das ungeschliffene Benehmen ihrer Landsleute lächerlich und unerträglich finden. Dr. Hashimoto begleitete mich zu unserer Gesandtschaft in der *Voßstraße* Nr. 7. Er wollte mich dem Gesandten vorstellen, doch war dieser nicht anwesend. So lenkten wir denn unsere Schritte zum „Kaiserhof", da ich mich auch bei unserem Kriegsminister einmal blicken lassen wollte. Aber auch er war ausgegangen. Schließlich kehrten wir gemeinsam zu meinem Hotel zurück. Dr. Hashimoto lud mich zum Essen ein. Dabei gab er mir folgenden Rat mit auf den Weg: „Unsere Regierung hat Sie mit zwei Aufgaben betraut: Hygiene zu studieren und das Sanitätswesen der deutschen Armee zu untersuchen. Aber Sie werden das ganze System hier nicht begreifen, wenn Sie dabei nicht Ihre Augen offenhalten. Ich habe mit dem Kriegsminister die verschiedensten Länder bereist, und selbst wenn wir nur für kurze Zeit an ein und demselben Ort verweilten, hatte ich dabei stets auch das Gefühl, wieder etwas hinzugelernt zu haben. Doch mit dem Studium des hiesigen Systems sind andere Landsleute von uns betraut. Sie aber, Mori, sollten sich vor allem auf das Hygiene-Studium konzentrieren. Wenn von japanischer Seite Fragen zum hiesigen System an Sie herangetragen werden, wenden Sie sich bitte an Stabsarzt *Körting*. Ich werde Sie demnächst mit ihm bekanntmachen." So belehrte er mich.

20. Oktober
Ich war auf dem *Anhalter Bahnhof*, um den Kriegsminister zu verabschieden. Als wir uns trennten, riet er mir noch: „Sehen Sie sich vor, daß Sie bei dem Klima hier nicht krank werden!"

22. Oktober
Am Nachmittag um halb drei fuhr ich mit dem Zug von Berlin ab. Als ich in Leipzig eintraf, war es halb sechs.

15. April 1887
Um 6 Uhr 15 bestieg ich den Zug und verließ München.

16. April
Gegen Mittag kam ich in Berlin an und stieg in *„Töpfer's Hôtel"* ab. Am Nachmittag war ich in der Gesandtschaft und meldete meine Ankunft.

17. April
Ich habe Taniguchi Ken besucht. Er wohnt mit Nagura Kôsaku zusammen. Nagura ist Tomofumi's Sohn und Assistenzarzt. Gemeinsam waren wir im *Thiergarten* und erklommen die Stufen am Fuße der Siegessäule. Als wir unsere Blicke umherschweifen ließen, sahen wir überall nur Häuser und Rauch. Gleich westlich der Säule liegt der Garten.

18. April
Heute habe ich mir ein Zimmer gesucht.
(Berlin N. W.; Marienstraße 32 I bei Frau Stern.)

20. April
Kitazato kam zu mir, um zusammen mit mir zu (Robert) *Koch* zu gehen. Ich schloß mit Koch einen Lehrvertrag ab. Anschließend waren wir im *„Cafe Continental"*. Dort trafen wir zufällig *Peña y Fernandes,* einen Südamerikaner, der zu meinem Bekanntenkreis in Dresden gehörte. Auch er studiert bei Koch.

25. April
Ich war auf dem Polizeirevier, um mich anzumelden.

7. Mai
Zu einer Abschiedsfeier für die beiden Herren Aoyama und Satô (Sankichi) trafen wir uns im Restaurant *„Klette" (Karlstraße).*

8. Mai (Sonntag)
Als ich am Nachmittag die *Louisenstraße* entlangschlenderte, sah ich zufällig, wie *Roth* in eine Droschke stieg. So erfuhr ich, daß er in Berlin ist. Am Abend suchte ich ihn zusammen mit Taniguchi im Hotel auf.

Siegesallee in Berlin –
Denkmal des Markgrafen Albrecht II.
Foto: 1901

Spaziergänger auf der Havelchaussee.

Gemälde von Paul Flickel, um 1890

24. Mai
Prof. Koch fuhr mit uns, das heißt Kitazato, Kumakawa und mir, nach *Stralau,* wo wir ein Wasserreservoir besichtigten. Auf dem Rückweg kamen wir durch *Rummelsburg,* das an einem kleinen See gelegen ist. Die Landschaft dort ist wunderschön. Ein paar Ausflügler, Männer und Frauen, spielten hier ganz unbekümmert Versteck. Vor Erstaunen hat es uns die Sprache verschlagen.

27. Mai
Der Monatskurs für Bakteriologie ist zu Ende. Ich habe meine Arbeit an Prof. Kochs Hygiene-Institut begonnen.

28. Mai (Sonnabend)
Am Nachmittag war ich mit Kaji im *„Café Krebs" (Neue Wilhelmstraße).* Dort gibt es viele schöne Frauen, angeblich Freudenmädchen. Ein Mädchen war dabei, das kannte sogar Romane des Russen *Turgenieff.* Da kann man sich nur wundern.

1. Juni
Die Zeit der langen Tage und kurzen Nächte, die ein Südländer selbst im Traum nicht kennenlernt, hat begonnen. Die armen Frauen, die auf das Fensterbrett gestützt an ihrem Nähzeug sitzen, freuen sich, daß sie Lampenöl sparen. Und es ist äußerst drollig, wie die Betrunkenen, die um Mitternacht die Kneipen verlassen, die Straßenlaternen als lange Taugenichtse beschimpfen. Zur Zeit studiere ich hauptsächlich Bakteriologie. In den Vorlesungen von Prof. Koch treffe ich Kitazato und Kumakawa. Ein- bis zweimal in der Woche erhole ich mich in der näheren Umgebung der Stadt. Es gibt nichts Schöneres für mich!

Charité-Gebäude in der Luisenstraße.
Architekt: Diestel; Foto: 1901

15. Juni

Ich habe meinen Wohnsitz in die Nähe des Hygiene-Instituts, in die *Klosterstraße* verlegt *(Nr. 97 I bei A. Käding, Berlin C)*. Dafür, daß ich hierher umgezogen bin, gibt es verschiedene Gründe. Als offiziellen Grund gebe ich zwar immer die Nähe zum Hygiene-Institut an, aber das ist ganz und gar nicht der Hauptgrund. Die Wirtin in der Marienstraße, Frau *Stern*, ist Witwe und etwa vierzig Jahre alt. Sie wohnt zusammen mit ihrer Nichte *Trudel* (Abkürzung von *Gertrud*). In ihrer Oberflächlichkeit finden sie nicht ihresgleichen. Sie sind äußerst schwatzhaft, gehen gern aus und sagen immer, daß sie eher stürben, als ständig sittsam zu Hause zu sitzen. Daher ist nie jemand da, der meine Post entgegennimmt oder meinen Besuch empfängt, wenn ich im Institut bin. Auch kann ich es nicht leiden, daß die siebzehnjährige Trudel spätabends noch in mein Zimmer kommt und sich auf mein Bett hockt, um mit mir zu plaudern. Natürlich sind die beiden Frauen nicht von Natur aus boshaft. Noch dazu sind ihre Absichten auf den ersten Blick zu durchschauen. Doch bisher hatten sie eben keinen Umgang mit Städtern höherer Bildung und beschimpfen daher Leute, die sich mit der Wissenschaft befassen, als *Stockgelehrte*, und mich als deren Oberanführer. Weil mir das nicht paßt, bin ich ausgezogen. Meine jetzige Wohnung liegt im Osten der Stadt, nicht weit vom sogenannten *Alt-Berlin*, und wird von einigen auch als Schlupfwinkel der Schurken und Dirnen bezeichnet. Doch das stört mich nicht. Schließlich muß ich mir ja meine Bekannten nicht gerade in der Nachbarschaft suchen. Erfreulich ist, daß das Haus ganz neu und groß ist. Meine Freunde kamen, um es sich anzuschauen, und konnten nicht anders als staunen. Die Straße vor dem Haus wurde mit Asphalt überzogen, so daß die Droschken geräuschlos dahinrollen. Und weil spätabends ohnehin nur wenig

Verkehr ist, gibt es überhaupt nichts mehr, was mich beim Lesen stören könnte. Da der Wirt Käding ein Restaurant eröffnet hat, kann ich die drei Mahlzeiten auch gleich im Hause einnehmen. Bis zum Hygiene-Institut sind es zu Fuß nur fünf Minuten. Was will ich mehr!

2. August
Ich war auf der Abschiedsparty für den Hofarzt Itô, wo ich zum erstenmal von den Speisen des berühmten Berliner Gasthauses *„Dressel" (Unter den Linden 50)* probieren konnte.

6. August
Wir besichtigten das *Traindepot* in der Nähe von Tempelhof. Das Depot befindet sich neben der Kaserne des Trainbataillons.

7. August
Mit Ishi, Taniguchi und Kitakawa war ich im *Ausstellungspark,* wo wir eine Kunstausstellung besuchten. Die Gemälde-Abteilung ist überaus sehenswert. Hier greift der Naturalismus die Grenzen der Kunst an. Die *Dunkelmalerei* geht unter, während der *Pleinarismus* im Entstehen begriffen ist. Auf der diesjährigen Ausstellung gab es eine *Frau Schmidt von Preuschen.* Diese Frau hatte für ein Bild das Thema *„Mors Imperator"* gewählt, dabei dem Tod die Gestalt des Kaisers gegeben und dieses Bild für die Ausstellung eingereicht. Die Jury lehnte es ab. Darüber regte sich die Frau maßlos auf, und sie beschwerte sich beim deutschen Kaiser persönlich. Dieser antwortete ihr sehr wohlwollend: „Wenn ich auch schon alt bin, so habe ich doch nichts gegen ein Bild mit dem Tod in Gestalt des Kaisers. Es gibt keinen Grund für mich zu wünschen, daß meinetwegen ein gutes Bild zurückgewiesen wird." Mit diesem Schreiben setzte die

Alt-Berlin –
Hof des Hauses Stralauer Straße 32.
Foto: 1897

27. August

Gemeinsam mit einer Französin, die im gleichen Haus wie Ishi wohnt, besichtigte ich das *Pergamon-Panorama*. Die Galerie befindet sich im hinteren Teil des Ausstellungsparks. Pergamon liegt nördlich von *Smyrna* an der westlichen Küste Kleinasiens, dort, wo einst die Hauptstadt *Philetairos* erbaut worden war. Es heißt, daß *Eumenes II. (195–159 v. Chr.)* im gemeinsamen Kampf mit dem Volk Roms Vorderkleinasien eroberte und daß sich Pergamon zur Zeit seines Nachfolgers *Attalos II.* zu einem immer größeren Stadtschloß entwickelte und schließlich zu einer hohen Blüte in Bräuchen, in der Kultur und sämtlichen Gewerben gelangte. Diese Stadt war schon vor langer Zeit in Vergessenheit geraten, und es gab keinen Menschen, der noch an sie dachte. Doch im Jahre 1866 entdeckte ein Deutscher namens *Humann* bei einer Grabung Marmor und eröffnete daraufhin im Jahre 1878 eine riesige Grabungsanlage. So gelangten schließlich Überreste jener Stadt wieder an das Tageslicht. Im Bild festgehalten wurde das von den beiden Malern *Ernst Fabricius* und *Ludwig Pietsch.*

1. September

Ishi nahm mich in seiner Droschke mit. Gemeinsam sahen wir zu, wie der deutsche Kaiser seine Truppen inspizierte.

27. Oktober

Ich war auf einer Abwasser-*Pumpstation* und bat *Betriebsinspektor Paul Laschke* um seine Unterstützung. Dann fuhr ich zum Zentral-Viehhof, wo ich Abwasserproben entnahm, die mir als Material für meine Experimente dienen sollen.

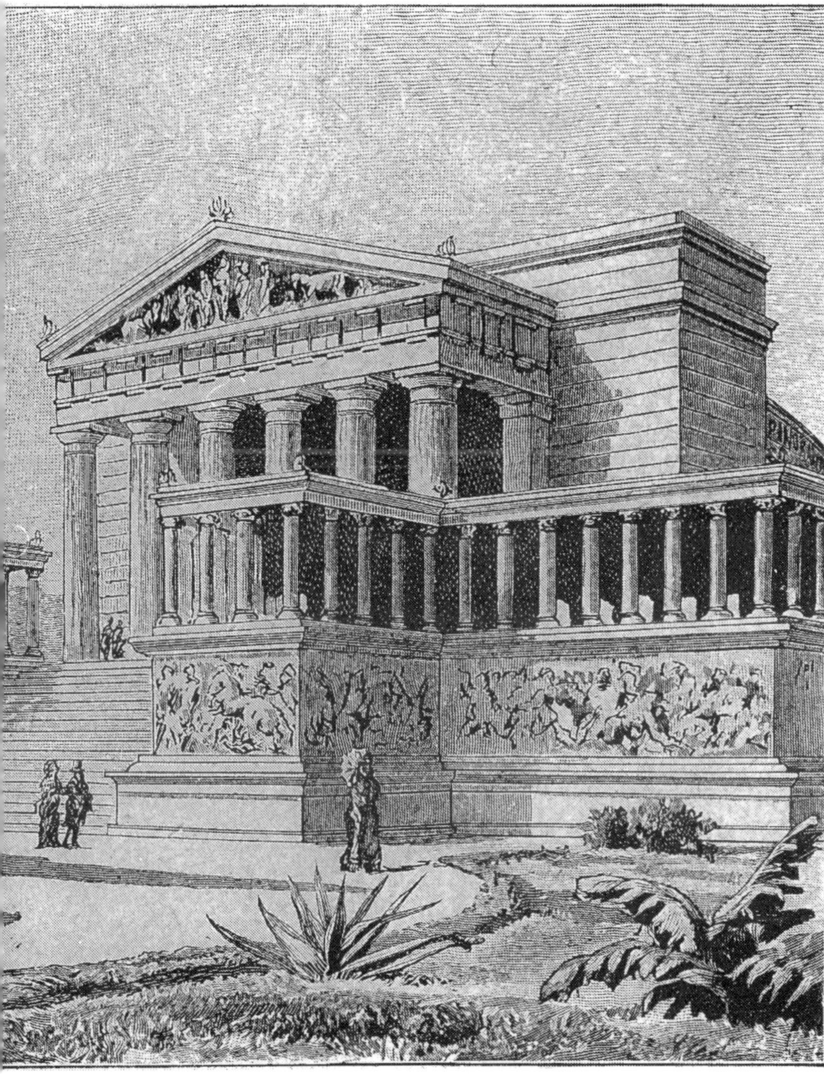

Große Akademische Kunstausstellung, Berlin 1887.
„Im Klassischen Dreieck des Ausstellungsparks":
links der ägyptische Tempel,
anschließend das Pergamon-Panorama.
Zeitgenössischer Holzschnitt

CARNE PURA
BODEGA
N.Thies
1882

Ausstellungspavillons von der
Hygiene-Ausstellung im Jahre 1883.
Holzstich nach einer Zeichnung von R. Geißler

Hotel Kaiserhof am Wilhelmplatz.
Architekten:
von der Hude & Hennicke, 1873–75.
Foto: um 1900

30. Oktober
Ich werde Französisch lernen. *Bernhard Beck (Schmidstraße Nr. 8)* wird mich unterrichten. Er nimmt kein Honorar. Um mich erkenntlich zu zeigen, werde ich ihm Japanisch beibringen. Wir verabredeten, uns von nun an jeden Sonntagvormittag zu treffen. Am Abend sah ich mir im Kaiserlichen *Schauspielhaus* das Stück *„Hamlet"* von *Shakespeare* an.

15. November
Am Nachmittag ist der erste Schnee gefallen. Abends war ich im Yamato-Club.

19. November
Am Abend war ich im *„Café Josty"*.

2. Dezember
Auf Einladung von Scheibe und Werner war ich mit Ishi und Taniguchi zu einer Besichtigung in der Berliner Desinfektionsanstalt und im 1. Berliner Systemklärwerk. Beides befindet sich in der *Reichenbergerstraße*.

2. Januar 1888
Heute zur Neujahrsfeier im Yamato-Club hielt ich eine Rede in deutscher Sprache. Der Bevollmächtigte Gesandte Saionji Kinmochi erhob das Glas und sagte: „Jemandem, der in der Kenntnis der Sprache eines fremden Landes ein solches Niveau erreicht, kann ich meine Hochachtung nicht verwehren."

11. Januar
Ich war im *Deutschen Theater*, wo ich *„Don Carlos"* sah. Den größten Beifall verdienten die Schönheit der *Geßner* und das Können *Posas*.

Das Deutsche Theater in der Schumannstraße in Berlin.
Foto: um 1895

Gendarmenmarkt mit elektrischer Beleuchtung im Jahre 1887. Zeitgenössischer Holzschnitt, Original: Lene Köhler

24. Januar
Wir besichtigten die Kasernen des 2. Feldartillerieregiments der Kaiserlichen Garde und das Invalidenhaus. Der Direktor des letzteren, Armeehauptmann *von Welfen*, hat uns begleitet und in ein Zimmer geführt, das sehr hübsch eingerichtet war. In einer Ecke befand sich eine Marmorbüste von ihm. Während des Gesprächs hat er gesagt: „Dieses Invalidenhaus wurde von *Friedrich dem Großen* gegründet. Es trägt die Inschrift:
‚Den verwundeten, aber nie besiegten Soldaten.'
Sind das nicht belebende, herzerfrischende Worte?"

31. Januar
Am Abend habe ich im *Architectenhaus (Friedrichstraße)* ein Konzert gehört.

9. März
Der deutsche Kaiser Wilhelm I. ist verschieden.

1. April
Ich bin umgezogen, und zwar in ein Zimmer im dritten Stock in der *Großen Präsidentenstraße* Nr. 10 an einer Ecke am *Haacke'schen Markt*. Das Zimmer ist sehr hübsch eingerichtet. Auf dem *Balkon* steht eine große Metallschale mit Blumen. Über den Balkon windet sich Efeu. Ein Bücherregal ist mein Privatbesitz. Ich habe es gekauft, weil es so billig war. Die neu erworbenen Bücher habe ich hineingestellt. Manchmal nehme ich mir eins heraus, dessen Inhalt mir besonders gut gefallen hat, und lese darin. So vertreibe ich mir die Langeweile. In der letzten Zeit bin ich meist um 6 Uhr 30 aufgestanden, habe mich gewaschen, gegurgelt, angezogen und um 7 Uhr gefrühstückt (Kaffee und Brot). Um 7 Uhr 30 bin ich in die Pferdebahn vor dem Haus gestiegen und kurz vor 8 Uhr dann in der Kaserne des 1. und 2. Batail-

lons des II. Preußischen Infanterieregiments der Kaiserlichen Garde in der *Friedrichstraße* angekommen. Hier habe ich den sogenannten *Revierdienst* geleistet. Später bin ich dann in die Kaserne des 3. Bataillons in der *Karlstraße* umgesetzt worden. Die Aufgaben, die ich hier zu erledigen habe, ähneln denen in der Friedrichstraße. Der Revierdienst entspricht dem, was bei uns in der Armee Morgendiagnose genannt wird. Seit einiger Zeit esse ich auch in „Töpfer's Hôtel" Mittag. Hier treffe ich jeden Tag Ishi. Auch Professor Taguchi ißt dort Mittag. Nachmittags gehe ich manchmal zu Regiments-Sanitätsoffizier *Rudolph Köhler*, der am *Reichstagsufer* wohnt, um dort meine Befehle in Empfang zu nehmen. Der Revierdienst findet auch an Sonn- und Feiertagen statt, das heißt, es gibt keine freien Tage. Ich habe eine neue Abhandlung geschrieben *(Über pathogene Bakterien im Canalwasser)*. Professor Koch hat sie in seiner Zeitschrift *(Zeitschrift für Hygiene)* veröffentlichen lassen.

14. Mai

Ich habe den aus dem Süden zurückgekehrten berühmten Wissenschaftler (Rudolf) *Virchow* in seiner Wohnung in der *Schellingstraße 10* besucht. Meine Studie über japanische Wohnhäuser hatte ich mitgenommen, um ihn zu bitten, sie sich einmal durchzulesen.

Virchow ist zurückgekehrt, weil die Abgeordneten des Parlaments ihn gebeten haben, über die Unvollkommenheit des *Etatsgesetzes* einen Vortrag zu halten. Zudem wird von ihm erwartet, daß er die Untersuchung des verstorbenen Kaisers vornimmt, auch wenn dieser hauptsächlich von dem englischen Arzt *Mackenzie* behandelt worden ist. Obwohl Virchow aus diesen Gründen alle Hände voll zu tun hat, hält er trotzdem wieder seine Vorlesungen. Das erregt das Erstaunen der Leute. Und nun kommt da so ein grünschnabeliger

Student wie ich daher, der sich von ihm seine ungeschickten und mangelhaften Aufsätze durchsehen lassen will. Doch Virchow hat mich freundlich empfangen und sich einige Stunden mit mir in aller Ruhe unterhalten. Schließlich hat er das Manuskript dabehalten und mir versprochen, es nach der Durchsicht an die *Anthropologische Gesellschaft* zu schicken und drucken zu lassen. Von ihm kann man wirklich sagen, daß er um so mehr schafft, je mehr Arbeit er hat. Nach dem Gespräch hat er mir gesagt, daß er ein neues Buch von Miura zugeschickt bekommen hat, und dessen Liebe zur Wissenschaft gelobt. Ich habe ihm von der Abhandlung über Medizin in Korea erzählt, die ich übersetzt hatte, und ihn nach seiner Meinung dazu gefragt. Seine Antwort lautete: „Diese Übersetzung sollten Sie dem Direktor des *Ethnologischen Museums Bastian* geben. Er müßte dann entscheiden, wie weiter damit verfahren werden kann." Am nächsten Tag war ich im Museum bei Bastian. Wir haben über die Ursprünge der asiatischen Menschenrasse und deren Religion diskutiert. Die Übersetzung über die Medizin Koreas habe ich ihm gegeben und bin dann nach Hause zurückgekehrt.

Hier enden die Aufzeichnungen von Mori Ôgai. (Die hier im Text kursiv gesetzten Stellen sind in der Originalhandschrift von Mori deutsch wiedergegeben.)

Am 5. Juli 1888 tritt er die Heimreise nach Japan an.

Verlag und Herausgeber danken für die freundliche Abdruckgenehmigung der Auszüge aus dem „Deutschlandtagebuch 1884–1888" von Mori Ôgai (herausgegeben und aus dem Japanischen übersetzt von Heike Schöche), dem Konkursbuch Verlag Claudia Gehrke, Tübingen (1992).

Nachwort

Mori Ôgai (1862–1922; eigentl. Mori Rintarô), einer der Großen der japanischen Literatur-, Kultur- und Geistesgeschichte, ist auch eine Symbolfigur für fruchtbare deutsch-japanische Beziehungen. Er war Arzt, Schriftsteller und Übersetzer, wirkte als Aufklärer, Kritiker und Dramatiker. Er gilt als Mitbegründer der modernen japanischen Literatur und Literaturkritik, als Schöpfer eines neuen Prosastils, war Dichter und förderte zahlreiche andere, junge Dichter, ein Mann, der gleichsam die ganze Problematik seiner Zeit verkörperte und in dem Sinne eine Symbolfigur seines Zeitalters ist. Als Arzt und hoher Militärangehöriger gehörte Ôgai zum Establishment, als Literat war er ein kritischer Intellektueller. Die Gesamtausgabe seiner Werke einschließlich seiner medizinischen Arbeiten, seiner Tagebücher, seiner eigenen literarischen Schöpfungen und seiner Übersetzungen, die allein rund 130 Titel ausmachen, umfaßt 38 großformatige Bände mit über 23000 Seiten. Ôgais höchsten künstlerischen Ansprüchen genügende Übersetzungen aus der nordeuropäischen, amerikanischen, russischen und deutschen Literatur, darunter Werke von Lessing, Kleist, Rilke, Hoffmansthal und Goethe – so „Götz von Berlichingen" und die erste vollständige „Faust"-Übersetzung –, spielten eine bedeutende Rolle innerhalb des Formierungsprozesses der modernen japanischen Literatur. Ein umfassendes Lebensbild seiner Persönlichkeit vor dem Hintergrund des damaligen Zeitgeschehens zu zeichnen, ist im Rahmen dieser Nachbemerkung nicht möglich.

Mori Rintarô, der sich später Ôgai nannte, wurde am 19. Januar 1862 in dem westjapanischen Städtchen Tsuwano als ältester Sohn einer dem niederen Feudaladel entstammenden traditionsreichen Arztfamilie geboren. Bereits mit sechs Jahren begann er Niederländisch zu lernen, mit zehn Jahren kam er nach Tôkyô, widmete sich dort zuerst dem Studium der deutschen Sprache, die etwa um diese Zeit das Niederländische als Medizinsprache abzulösen begann, trat mit zwölf Jahren, also 1874, in den Vorbereitungskurs der staatlichen Medizinschule in Tôkyô (heute die Medizinische Fakultät der Universität Tôkyô), die kurz zuvor von deutschen Ärzten reorganisiert worden war, und 1877 in diese selbst ein, wo er u. a. bei den deutschen Professoren Bälz, Gierke, Tigel und Schultze studierte. 1881 legte er sein Abschlußexamen ab und hatte sich damit nicht nur Grundkenntnisse in der Medizin erworben, sondern auch seine deutschen Sprachkenntnisse auf ein Niveau gebracht, das man nur als erstaunlich bezeichnen kann. Und diese Sprachkenntnisse beschränkten sich nicht allein auf die Fachsprache, denn seine Interessen gingen weit über die Medizin hinaus. Eine besondere Neigung zeigte er von klein auf für die Literatur, anfangs vor allem für die chinesische, denn seiner Herkunft gemäß hatte er eine chinesisch geprägte Bildung erhalten und beherrschte die chinesische Schriftsprache in einem so außergewöhnlichen Maße, daß er sich in ihr nicht nur leichthin auszudrücken, sondern auch zu dichten vermochte.

Nach dem Examen hoffte Ôgai auf ein Auslandstipendium des Kultusministeriums. Da sich diese Hoffnungen erst einmal zerschlugen, trat er in das Heeresministerium ein und wurde Militärarzt. 1884 erfüllte sich schließlich sein Traum, und er wurde als 22 Jahre junger Leutnant zum Studium nach Deutschland abkommandiert, ausgerüstet mit einem guten Stipendium und dem Auftrag, das deutsche Sanitätswesen und Hygiene bei den Professoren Franz Hoffmann in Leipzig, Max von Pettenkofer in München und Robert Koch in Berlin zu studieren. „Mit der vagen Hoffnung auf Ruhm und der Absicht, fleißig zu lernen" habe er, wie Ôgai in seinem Erstlingswerk „Das Ballettmädchen" gesteht, seinen Studienaufenthalt in Deutschland angetreten. Doch vielleicht war diese Hoffnung gar nicht so vage. Denn liest man sein „Deutschlandtagebuch", das er mit großer Genauigkeit in knappen, nicht gerade literarisch anmutenden Worten führte, und analysiert man sein Auftreten während seines vierjährigen Aufenthaltes hier im Herzen Europas, dann spricht daraus oft ein geradezu erstaunliches Selbstbewußtsein für einen jungen Menschen in der ersten Hälfte seiner zwanziger Jahre. Er nahm den Ratschlag, den ihm ein hochrangiger japanischer Militärarzt unmittelbar nach seiner Ankunft in Berlin gegeben hatte, nämlich ein aufmerksamer Beobachter zu sein, sehr ernst. Nicht weniger ernsthaft betrieb er seine Studien, machte sich zudem mit dem Sanitätsdienst des Sächsischen Armeekorps vertraut und leistete selbst Sanitätsdienst im Zweiten preußischen Gardeinfanterieregiment. Der äußere Lohn ließ nicht lange auf sich warten. Bereits 1885 avancierte der Dreiundzwanzigjährige zum Hauptmann. Von da an, wenn nicht schon vorher, gehörte er eindeutig zur Elite jenes Japan, das sich seit der Mitte des 19. Jahrhunderts, nachdem es über einen langen Zeitraum gleichsam am Rande der Weltgeschichte dahingeschlummert hatte, nun mit Riesenschritten in das moderne Zeitalter seiner Entwicklung aufmachte. Ôgai war sich dessen bewußt. Er war bemerkenswert stolz auf sich und sein aufstrebendes Land und erfüllt von jugendlichem überschwenglichem Nationalbewußtsein. Kritik an seinem Heimatland, selbst wenn sie im Grunde genommen wohlgemeint war, ertrug er nicht. Und er war sich auch bewußt, daß ihm nach seiner Rückkehr eine Führungsposition zugedacht war. Tatsächlich machte er dann eine glänzende Karriere, zumindest eine äußerlich glänzende Karriere: 1907 wurde er zum Generaloberstabsarzt befördert und war damit der ranghöchste Militärarzt des japanischen Heeres. Als er nach fünfunddreißig Jahren Armeedienst 1916 seinen Abschied nahm, wurde er bald darauf Direktor des Kaiserlichen Hofmuseums und Präsident der Reichsakademie der Künste, was er bis zu seinem Tode am 9. Juli 1922 blieb. Außerdem gehörte er verschiedenen Regierungskommissionen an, die für das offizielle Kulturleben Japans von großer Bedeutung waren. So gesehen, hat Mori Ôgai im Unterschied zu den meisten, wenn nicht gar zu allen Schriftstellerkollegen seiner Zeit stets in der Nähe des Machtzentrums gestanden. Diese Nähe zwang ihn aber zugleich zu Kompromissen, die ganz offensichtlich für ihn persönlich dunkle Schatten auf den Glanz der eigenen Karriere warfen.

Geboren wenige Jahre vor den 1868 einsetzenden großen gesellschaftlichen Umwälzungsprozessen , war Ôgai noch ganz im Sinne des Konfuzianismus erzogen worden. Und zu den zentralen Kategorien der konfuzianischen Ideologie gehörte das Prinzip der Loyalität gegenüber jenen, die auf den verschiedenen Ebenen des sozialen Gefüges die Macht verkörperten. Ôgai beugte sich dieser Macht, jedoch nicht willenlos und nicht ohne persönliche Bitterkeit. Davon legt die vorliegende Novelle ein beredtes Zeugnis ab. Die Novelle

„Das Ballettmädchen", die erstmals im Januar 1890 in der Literaturzeitschrift „Kokumin no tomo" erschien, ist die Geschichte einer jungen heftigen, tragisch endenden Liebe, aber auch die Geschichte einer gescheiterten Emanzipation. Der Erzähler wird von seinen Vorgesetzten unter einen so starken psychischen Druck gesetzt, daß er am Ende seine Liebe zu dem Ballettmädchen zugunsten der ihm zugedachten Karriere aufgibt. Seelisch tief verwundet und wohl auch nicht frei von Schuldgefühlen kehrt er in seine Heimat zurück. Daß hier Ôgais persönliche Problematik abgehandelt wird, steht außer Frage. Aber bei allem Persönlichen hatte diese Problematik auch etwas Allgemeingültiges für die damals heranwachsende Generation der neuen japanischen Intelligenz, die alles Europäische begierig in sich aufnahm und der Losung „Abkopplung von Asien und Anschluß an Europa" folgte. Es ist, allgemein gesagt, der Konflikt, der sich für das erstmals in Japan konstituierende bürgerliche Ich unter den noch obwaltenden geistigen und sozialen Gegebenheiten im damaligen Japan auftat. Es ist das Dilemma, in das die jungen, aber noch in der alten Ideologie erzogenen Intellektuellen zwangsläufig geraten mußten.

Diese Novelle fand seinerzeit ein großes Echo, eben weil sie weit über das Private hinaus eine allgemeine Problematik aufgriff. Und für viele Japaner verbindet sich auch heute noch mit dem Namen Ôgai zuerst und vor allem diese Novelle. Literaturästhetisch gesehen ist sie wohl ein Versuch Ôgais, für sich selbst umzusetzen, was er aus einer umfangreichen und eifrigen Lektüre europäischer Dichtung gelernt hatte, aber immerhin ein Versuch, der auf die damalige japanische Literatursituation geradezu revolutionär wirkte, nicht zuletzt durch den neuen Prosastil, den Ôgai damit einführte.

„Das Ballettmädchen" ist die erste Ich-Erzählung der modernen japanischen Literatur.

Kein anderer Schriftsteller der modernen japanischen Literatur hat eine so breite Palette von Themen behandelt wie Ôgai. Sie reicht von der Darstellung romantischer Liebe bis zu literarischen Berichten erster sexueller Erfahrungen, von der Darstellung des Widerstreits zwischen Braut und Schwiegermutter bis zu dem Thema des künstlerischen Schöpfertums, sie reicht von Gesellschaftskritik bis zur literarischen Aufarbeitung der Geschichte, bis zu philosophischen und autobiographischen Reminiszenzen. Nüchtern ist aber auch festzustellen, daß Ôgai im Japan unserer Tage nicht gerade viel gelesen wird, denn es bedarf schon einiger Anstrengung, sich ihm und der Welt seiner literarischen Werke zu nähern und mit seinem Schaffen vertraut zu werden. Zum Beispiel ist der sprachliche Abstand in der vorliegenden Novelle zum heutigen Japanisch so groß, daß der Zugang vor allem für junge Japaner erheblich erschwert ist, was auch darin zum Ausdruck kommt, daß der bekannte Schriftsteller Inoue Yasushi für eine Serie moderner Klassiker eine Überstzung in moderne japanische Umgangssprache angefertigt hat.[1]

Mori Ôgai lebt fort, seine Gestalt ragt bis in die Gegenwart hinein und nimmt dabei gerade in den letzten Jahren immer deutlichere Konturen an, und zwar zunehmend über die Grenzen Japans hinaus, in Deutschland vor allem durch sein Wirken als Mittler zwischen der deutschen und der japanischen Kultur. Erfolg und Ruhm blieben ihm in der Tat nicht versagt, aber seine hohen humanistischen Ideale, seine menschlichen Hoffnungen zerbrachen bald an der gesellschaftlichen Wirklichkeit Japans im beginnenden 20. Jahrhundert.

1 Inoue Yasushi: Maihime (Übersetzung ins moderne Japanisch). In: Meiji no koten, Bd. 8, Tôkyô 1982.

Ôgai ging viele Kompromisse ein, innerlich aber resignierte er mehr und mehr. Nichts verrät das deutlicher als ein Abschnitt aus seinem Testament, das er am 6. Juni 1922, drei Tage vor seinem Tode, diktierte. Dort heißt es: „Als Mori Rintarô will ich sterben, obgleich ich bisher mit dem kaiserlichen Hofministerium in enger Verbindung gestanden habe, lehne ich in diesem Augenblick zwischen Leben und Tod jede formelle Behandlung ab . . . In den Grabstein darf nicht ein einziges Schriftzeichen mehr gehauen werden als: Hier ruht Mori Rintarô."

Abschließend noch einige persönliche Worte. Als Jürgen Berndt, der Übersetzer der vorliegenden Übertragung des „Ballettmädchens", völlig überraschend am 16. August 1993 starb, sechzigjährig wie Mori Ôgai, lagen auf seinem Schreibtisch zahlreiche Materialien für seine nächsten Projekte. Diese Nachbemerkung wurde im wesentlichen aus den dort vorgefundenen Unterlagen zusammengestellt. Jürgen Berndt plante die Veröffentlichung der Novelle „Das Ballettmädchen" bereits Anfang der siebziger Jahre und hat die Übersetzung mehrmals überarbeitet. Auch die nun veröffentlichte Fassung wäre möglicherweise noch einmal überarbeitet worden.

Für Jürgen Berndt war Mori Ôgai wohl immer eine Herausforderung, auch und gerade in dessen Rolle als Mittler zwischen Deutschland und Japan, einer Rolle, um die auch er sich in seiner Arbeit, sowohl als Hochschullehrer bei der Ausbildung zahlreicher junger Japanologen als auch als anerkannter Übersetzer japanischer Belletristik, zeit seines Lebens bemüht hat. Auf seine Initiative hin wurde 1984 an der Humboldt-Universität zu Berlin, genau hundert Jahre nach Ôgais Ankunft in Deutschland, eine Mori-Ôgai-Gedenkstätte in den Räumen dessen ehemaliger Pension Marien-/Ecke

Luisenstraße eröffnet. Als Erinnerungsstätte soll sie eine möglichst breite Öffentlichkeit mit dem Vermächtnis Ôgais vertraut machen, die wissenschaftliche Beschäftigung mit seinem Leben und Wirken fördern und im Sinne Ôgais als vermittelnde Instanz zwischen Deutschland und Japan wirken.

Berlin, Dezember 1993 Ursula Berndt

Bibliographie

Das Ballettmädchen

1890 Unter dem Originaltitel „Maihime" Erstveröffentlichung in der Zeitschrift „Kokumin no tomo". (Später überarbeitet in Mori Ôgais erster Werksammlung „Minawa-shu")

1917 „Die Tänzerin" (Übersetzung von Kenji Koike). In: „Die Tänzerin und der London Tower"; Tokyo, Nankodo (Verlag)

1930 „Die Tänzerin" (von G. Würfel revidierte und neugedruckte Übersetzung von K. Koike). In: Drei Blümchen aus den Schriften von Mori Ôgai; Tokyo, Ikubundo (Verlag)

1988 Mori Ôgai „,Maihime' shobon kenkyu to kobon" (herausgegeben von Kabe Yoshitaka. Textkritische Ausgabe mit Reproduktion sämtlicher Werke); Tokyo, Ofusha (Verlag)

1989 „Die Tänzerin" (Übersetzung von Wolfang Schamoni). In: Mori Ôgai. Im Umbau. Gesammelte Erzählungen (ausgewählt, aus dem Japanischen übertragen und erläutert von W. Schamoni); Frankfurt am Main, Insel Verlag (Japanische Bibliothek)

1994 „Das Ballettmädchen". Eine Berliner Novelle. (Übersetzung von Jürgen Berndt.) Mit 26 zeitgenössischen Illustrationen, Auszügen aus dem „Deutschlandtagebuch 1884–1888" von Mori Ôgai (herausgegeben und aus dem Japanischen übersetzt von Heike Schöche; Tübingen [1992], konkursbuch Verlag Claudia Gehrke) und einem Nachwort von Ursula Berndt; Berlin 1994, edition q Verlag (JAPAN-EDITION)